U0863361

雄安新时期作家作品

雄县卷

雄安
新时期
作家
作品
雄县卷

苏 虹 马晶晶 主编

河北大学出版社
·保定·

出 版 人：耿金龙
责任编辑：韩立霞
装帧设计：赵　谦
责任校对：刘文娜
责任印制：靳云飞

图书在版编目（CIP）数据

雄安新时期作家作品．雄县卷 / 苏虹，马晶晶主编
．-- 保定 ：河北大学出版社，2019.9
ISBN 978-7-5666-1511-4

Ⅰ．①雄… Ⅱ．①苏… ②马… Ⅲ．①中国文学－当代文学－作品综合集－雄县 Ⅳ．①I218.224

中国版本图书馆 CIP 数据核字（2019）第 153645 号

出版发行：河北大学出版社
地址：河北省保定市七一东路2666号　邮编：071000
电话：0312-5073003　0312-5073029
网址：www.hbdxcbs.com
邮箱：hbdxcbs818@163.com
印　　刷：保定市北方胶印有限公司
幅面尺寸：170 mm × 240 mm
字　　数：250千字
印　　张：15.75
版　　次：2019年9月第1版
2019年9月第1次印刷
书　　号：ISBN 978-7-5666-1511-4
定　　价：68.00 元

雄县作家参加徐光耀文学馆开馆仪式

王旭龙在雄文书院国学讲堂讲座

赴白洋淀诗书画院调研

与周振成（中）座谈

与雄县作家座谈

赴雄县政协调研

赴雄文书院调研（一）

赴雄文书院调研（二）

序

地处北京、天津、保定腹地的雄县、容城、安新三县，是华北地区一片美丽的大平原。其环抱华北明珠白洋淀，西临巍巍太行，气候湿润，水陆交通通达，民风淳朴，人杰地灵，是中华大地上一块平安而富庶的宝地。2017 年 3 月 28 日，中共中央、国务院发出通知，决定设立河北雄安新区。这是以习近平同志为核心的党中央做出的一项重大的历史性战略选择，是千年大计、国家大事。

雄安新区自设立后，基本建设稳步推进，文化建设也快步跟上。辛勤的文学耕耘者们纷纷用自己手中的笔，来表达对新区的深挚热爱：他们有的重在挖掘雄安的历史文化，如安新作家冬子李的《安新赋》、容城作家杨同全的《雄安史粹》、雄县作家宋忠臣的《雄安新区赋》；有的歌颂新时代、描绘美好蓝图，如容城作家庄梦醒的《千年雄安》；有的用文学传承雄安独有的乡风民俗、留住美丽乡愁，如安新王英年的《水乡苇事》、冬子李的《白洋淀美食笔记》……读着这些作品，我被感动着，心中升起了对作者多年努力创作的佩服。不管称这里为雄县、容城、安新，还是统一称为雄安，都让我感动。感动之余，我想，如何记录下这些文学耕耘者的执着，则是我们这些动笔弄墨的人的使命。“不忘初心、牢记使命”，我理解其内涵之一就是说不忘历史，才能明白如何前进。我们不能忘记民族的历史，不能忘记我们的革命史、文化史和文学史。雄安所辖区域历史悠久，文化底蕴深厚。这片热土既保存了晾马台、宋辽古战道等多处遗址，又涌现了刘因、杨继盛、孙奇逢等众多文化名人，孕育了璀璨辉煌的文学创作。仅从 20 世纪 40 年代起，这里就产生了一系列直接描写该地域革命和生活的优秀作品，如孙犁的《荷花淀》，袁静、孔厥的《新儿女英雄传》，梁斌的《播火记》，徐光耀的《小兵张嘎》……后来出现的“白洋淀诗歌群落”、韩映山、刘锦云等，同样以优秀的作品闻名于世，更年轻的作家冬子李、阿民等也有丰富的创作，真可以说是代代辉煌。我们要开发这些历史资源、滋养后人，才不负时代使命，同时我们也要创造新的历史与新的业绩，使雄安历史文化得以更好地传承和弘扬。

《雄安新时期作家作品》就是在为创造新业绩而努力。放在我手边的这几本书稿是几位热心文学的青年研究者努力编出的文学选集，也是她们交给雄安人民的成果。该书共收录了雄安新区 130 多位新老作家的小传和文学创作，真可以说是洋洋大观了。就文学体裁来说，有小说、散文、戏剧、新旧体诗……书中收录的作者有几代人，有的人已经离世，有的也年过八旬，当然有更多的人年富力强，正当创作兴旺时期。打开书一看，好一片百花盛开的美丽花园，琳琅满目，美不胜收。我们的文学有这样的美好承传，是令人欣慰的，就像美丽的雄安，风光宜人，令人神往。这些书稿虽不能全面反映雄安的文学大观，但或许可以成为观望雄安文学的一扇窗，在其后定会有更加绮丽万象的文学风景。

《雄安新时期作家作品》的调研团队一直关注地域文学的研究，尤其在保定作家群的研究上取得了不少成绩，完成了多项校级课题、市级课题和省社科基金课题。据我所知，两位主编马晶晶和苏虹分别在阿宁和谈歌专题研究方面，做了很多努力。除了各自的研究专题外，她们对孙犁、韩映山等老一辈作家也有较多的研究。而且她们还在保定学院文学院讲授保定作家群研究课程。雄安文学有鲜明的地域色彩，同时与保定作家群密切相关，《雄安新时期作家作品》可以说是她们地域文学研究的一份成果。这份成果立足基础研究，为其他研究者提供了一份全面而详细的当代作家资料，也集结了优秀作家的重要作品，是一个重要的资料汇集，为今后的研究打下了扎实的基础。相信她们今后在雄安文学发展史和雄安作家研究方面会有更细致、更深入的研究，有更厚重、更丰硕的研究成果，以提升雄安文学在当代文学史上的地位。

人民为什么需要文学，这是个很老的问题。简而言之，我认为，人不同于其他动物的一点是人除了物质的需要外，还得有精神的慰藉。记得恩格斯在《德国民间故事书》中说过一段话：“民间故事书的使命是使农民在繁重的劳动之余，傍晚疲惫地回到家里时消遣解闷，振奋精神，得到慰藉，使他忘却劳累，把他那块贫瘠的田地变成芳香馥郁的花园……使他意识到自己的力量、自己的权利和自己的自由，激发他的勇气并唤起他对祖国的热爱。”这段话是恩格斯称颂民间故事的，显然也可以拿来作为一切文学存在意义的论据。文学就是这样，应该慰藉人生，也应该能够唤起生活的力量，增强道德感，从而激发人民对祖国的热爱。我敬佩一切从事文学创作和文学批评的人，支持他们的艰苦奋斗并且矢志不渝。

因此，我愿意写这篇序，献给热爱文学的作者、读者、编者。

刘玉凯

2019 年 8 月 18 日

前　言

雄安文学作为一个文学地理学概念，具有鲜明的地域和时代色彩，尤其是2017年雄安新区设立后，在世界眼光、国际标准、中国特色、高点定位的总体规划部署下，雄安文学既面临着千载难逢的发展机缘，又面临着新的挑战。在关键的历史节点，只有更好地总结过去、正视现在，才能更好地展望未来，因此，对雄安文学进行梳理，成为当务之急。

雄安文学不是孤立存在的，它始终与自己的历史文化、地缘特色等结合在一起。这些历史文化和地缘特色影响了雄安文学的内容、气质与风格。

从源远流长的历史文化角度来说，易水河畔的壮士萧萧、宋辽古战场的战旗猎猎、三贤重信尚义的铁骨铮铮……都积淀了这个地域的悲壮慷慨之气。这种悲壮慷慨之气作为一种血脉传承，生生不息，不断强化延伸，被雄安人民完整地继承与保留下来，成为一种不灭的文化精神，尤其是在特殊的历史条件下，更成为一种坚定执着的信仰而大放异彩。这种文化精神深深感染、打动了作家，作家的责任感和使命感使他们必然通过文学的形式把这种精神力量传播得更远更广。因此，在抗日战争中，出现了大量的表现当地人民不畏牺牲、充满血性、坚韧战斗、展现民族骨气和操守的文学作品，如孙犁的《荷花淀》、穆青的《雁翎队》、袁静和孔厥的《新儿女英雄传》、李永鸿的《白洋淀渔歌》、徐光耀的《小兵张嘎》、梁斌的《播火记》等，这些作品比较典型地继承了雄安历史文化传统中的慷慨悲壮之气，同时也衍生出了雄安文学乃至中国现当代文学中富有革命色彩和斗争激情的红色基因，这是雄安文学刚性雄浑的一面。

雄安文学也不缺少阴柔清丽之风，这与它的地缘特色有关。雄安在北方大地上是一个神奇的存在。雄安位于河北省域内。河北属于温带大陆性季风气候，除去个别年份，算不上一个雨水充足的地方，甚至很多城市地表水匮乏。但雄安的淀水却充沛而浩荡，成为整个华北平原上一个特异而极富魅力的“北地江南”。水的温润、柔婉、清丽既是该地域的典型特色，也潜移默化地影响了该地文学，使雄安文学也具有水一样的优美、恬淡、细腻的风格。这体现了地域特点与文学风格的密切关系，也为雄安文学风格的成因在地缘因素方面找到了源头。当然，雄安文学中柔性的一面不是纯粹的、独立的，而是与刚性的一面相互交织融合的，是柔中带刚、刚柔相济的，正如水的特质一样，虽柔却可以水滴石穿。这方面最典型的代表就是孙犁及其开创的“荷花淀派”文学。

孙犁已经成为雄安文学的一座丰碑，我们如果只从地缘角度定位孙犁及其“荷花淀派”，显然是片面的，因为除了典型的地域特色外，他的文学中还蕴含着“五四”新文化精神。与孙犁一样，享誉文坛的“白洋淀诗歌群落”，其作品同样也深蕴了“五四”新文化精神，尤其是其中洋溢的大胆质疑、理性反思和理想主义，这些文化因素的融入，必然使雄安文学具有勇于探索、不断创新之风！

通过以上对历史传统、地缘文化的挖掘分析和对当代文化思潮的梳理，我们大致理出雄安文学几条典型的线索，即以红色基因为基础的充满斗争激情和昂扬意志的“红色经典”、以“荷花淀派”为阵营的含蓄诗意的优美文风、以“五四”文化精神为精髓的先锋作品。当然，这几条线索不是平行线，更多的时候，它们相互渗透，共同形成了雄安文学错综多元、丰富斑斓的局面。而这些文学传统在新时期都得到了较好的继承和发展。

本书书名用“新时期”这个词，也是经过了一番纠结。本书所谓的“新时期”是一个相对宽泛的概念，既参照了一些比较权威的学术意见，如北京大学出版社出版的、朱栋霖等主编的《中国现代文学史》中，以 1976 年 10 月“文化大革命”的结束为标志，称该阶段以后的文学进入新时期，同时也有一些个人的主观理解。我们认为，当代文学是一个与时俱进、不断延展的概念，新时期也是一个在一定范围内的说法，因此，我们为了避免因为追求学术严谨而出现过于琐碎的现象，就笼统地把特殊时代结束以后的文学称作新时期文学，目的是为突出一个“新”字，让读者一目了然地知道本书写的是新时代的新作家。

正是这些作家对雄安文学的优良传统进行了继承和发扬，同时又赋予了雄安文学新的时代特色。在一次次深入雄安的调查采访中，我们发现了一大批文学创作者和热爱者，也发现这些文化精神和文学传统在这些创作者和热爱者身上得以传承和弘扬。这是一支强大的文学创作队伍，在此仅举几例：田荣承等的小说自觉地延续着红色经典的血脉，阿民等的诗歌洋溢着“白洋淀诗歌群落”的热情和精神，王英年等的散文保留并丰富了“荷花淀派”的风姿！

雄安新时期作家队伍阵容相当庞大，既有徐光耀等资深老作家，又有一批创作相对成熟的中年作家，更有一批文学新秀。发现、整理、关注、研究这些文学创作者应该是切入雄安文学最直接、最质朴、最客观的方式。因此，编写作者小传、选读代表作品就成了本书的基本体例。本书是雄安新区设立以来的首次规模较大、较全面的作家“集体亮相”。全面整理作家、作品等资料，可以更好地提升新区作家的整体影响力，进一步推动雄安文学在当代文学史中的地位研究。孙犁、徐光耀、“白洋淀诗歌群落”等老一辈作家和创作团体已经在文学史上占有重要的地位，但当代尚需继承者，经过一段时间的沉淀和检验之后，这些创作者必将进入中国当代文学史研究的视野。

本套书按地域分为雄县卷、安新卷和容城卷。一般来说，入选本书的创作者要具有长期的雄安生活经历，籍贯或户籍隶属雄安新区，并且有相对成熟的文学作品。与雄安关系密切的孙犁与“白洋淀诗歌群落”等诸多成员，鉴于中国现当代文学史等书籍已有详细研究论述，本书不再赘录。

当然，由于时间与精力有限，本书在人员录入方面难免有所遗漏，在此深表歉意。

在多次走进雄安的调研中，作家们有太多让人动容的故事。我们深深感叹于他们于艰难困顿、生活奔波中对文学苦心孤诣的坚守；感慨于别人势力冷眼、嗤之以鼻时他们对文学抱有的赤诚；感动于他们牧羊途中、收割之余对文学的渴望和坚持……正是这种对文学的执着和热望，使他们在文学发展处于最低谷时仍然坚持下来，并成立了几百个文学社团，自费油印文学刊物：白洋淀文学社、烛光文学社、芦芽文学社、晨光文学社、白洋淀文学青年联谊会、雄州诗社、雄县文学协会、荷韵清风文学社、白洋淀诗书画院等文学社团；《阳光之恋》《芦苇花》《水淀风来》等文学刊物。这些文学社团、文学刊物和文学活动在当代雄安文学发展史上具有重要的史料价值。

雄安文学创作者们对文学的坚定信念和热切执着是文学得以传承发展的希望之火，正如鲁迅所说，文艺是国民精神所发出的火光，又是指引国民精神的前途的灯火。他们通过作品表现着对生于斯长于斯的人民的热爱，又通过作品引领精神、陶冶品性。可以说，有他们在，灯亮着。《约翰克里斯朵夫》中说："真正的光明绝不是永没有黑暗的时间，只是永不被黑暗所掩蔽罢啦；真正的英雄绝不是永没有卑下的情操，只是永不被卑下的情操所屈服罢了。"正是有了这样的信念和勇气，他们才能在喧嚣浮躁的现实生活中求得宁静、淡泊和自由。贺拉斯说："驱散烦忧要靠心性和智慧，并不能全然指望远离尘嚣的海角天涯。"雄安诗意精神的存在不仅依赖红荷绿苇、天蓝水清、鸟飞鱼跃、蛙鼓蝉鸣的自然环境，更离不开这些文学守望者的高蹈的精神追求。

雄安淀水浩渺绵长，红荷绿苇芦花，村落庭院围墙，乡路小桥行舟……铺于淀水之上，宛如一幅江南图画。"潮平两岸阔，风正一帆悬。"愿那些热爱这片土地与人民并以此为创作之源的人，在又一个新的历史时代不断前行，愿雄安文脉诗意悠长！

编者

2018 年 9 月

目　录

方殷

方殷（1913—1982），原名常钟元，笔名芳茵，男，雄县茫茫口村人。著名诗人。中国作家协会会员。

1926年，就读于天津南开中学。九一八事变后，东北沦陷，正值“国难方殷”之际，他为抒发自己的爱国情怀，遂改名方殷。1932年，毕业于北平中国大学。在北平求学期间加入中国共产主义青年团，从此走上了革命道路。曾在共青团河北省委工作，积极参加青年反帝大同盟的活动并开始诗歌创作。编辑《少年先锋》《诗歌杂志》等刊物。1933年，加入中国北方左翼作家联盟北平分会，编辑北方左联机关刊物《科学新闻》。因参加筹备欢迎“巴比塞反战调查团”北上事宜，被国民党政府抓捕。1935年，积极参加“一二·九”学生爱国运动。1936年，加入中国诗歌作家协会，编辑《诗歌》。为了刊印《诗歌》杂志，作为编辑的方殷竟把唯一的一条过冬毛毯也卖掉了。七七事变后辗转于山东、武汉等地，从事平津流亡学生联络和革命文化宣传活动。1938年，任教于山西临汾中华民族革命大学；同年，在西安参加上海救亡演出队，随队步行到延安，进延安鲁迅艺术学院学习。宝塔山、延河水、领导中国革命的共产党人所住的简陋窑洞，使二十五岁的方殷深受感动，在精神上得到了洗礼。后离开延安赴重庆任全民通讯社记者、编辑，加入中华全国文艺界抗敌协会，任诗歌组长。1939年，在重庆主持召开了诗歌座谈会，被推选为《抗战诗歌》月刊审稿委员会委员，与巴金、老舍、郭沫若、臧克家等一起从事抗日救亡工作。1939年，参加全国文艺界抗敌协会组织的作家战地访问团，奔赴晋东南抗日前线战地采访，写下《给保卫中条山的战士》《更坚决地前进吧》《平凡的夜话》

《火的进行曲》等战斗诗篇。方殷在重庆先后三次被捕。其中，第一次被捕是在1940年，幸运的是，老舍第一时间知道了方殷被捕的消息，请冯玉祥出面营救，使方殷重获自由；第二次被捕是在1941年，国民党特务用“疲劳战术”对他进行昼夜不停的审问，还“别出心裁”地派“假犯人”同他住在一个牢房中，用诱骗的手段妄图使他屈服，但方殷不仅没有屈服，还利用放风机会设法弄到了一截铅笔，偷偷写下多首感愤诗。1942年，已从牢笼中挣脱的方殷在重庆出版了诗集《平凡的夜话》。这是方殷延安归来后的创作结晶，记录了在苦难与希望交织的时代中的一段心路历程。

中华人民共和国成立后，调北京工作。先后任三联书店、人民文学出版社编辑，担任了《茅盾文集》《郭沫若文集》的责任编辑工作，后参加了《新闻学史略》的组稿和编审工作。1956年，以民间故事为素材写成长诗《诛魔记》，并被译成九种文字出版；同年，加入中国作家协会。1962年，写成长诗《革命三部曲》发表于《长春》文学月刊，由中央人民广播电台连续广播。1965年，加入中国民主促进会，任中央文委委员。1979年，当选为全国第四次文代会代表。晚年整理了大量新文学史料，出版了《方殷诗选》《旅人的心——方殷诗文选》等。

作品选读：

雪　花

你以洁白的身躯
飘然欢愉地下
使灰的土地
披上了白衣
待与骄阳亲吻
你化作了

滋润万物的蜜汁

那个年代——
那个被你
在深山老林荒郊茫野里
埋葬了饿尸冻骨的年代
已经一去不复返了
那个雪花、泪花与血花齐飞的年代
不会再来了
我们这里
只有汗花在迸开
心花在怒放

雪花飘飘
是美丽的
汗花飘飘
更是美丽的
而心花争艳
更使人们飘飘欲仙了……

痛怀老舍

1937年七七事变后不久，北平即沦陷了。我那时正在北平。后来，无法待下去了，乃化装“浪人”逃出北平，辗转于八月来到了济南。在济南，当时成立了一个由地下党组织领导的“平津流亡同学会”，专门办理由平津一带流亡出来的教授、学生的接待、输送工作。我被留下参加了该会工作。该会分配我做交际联络事务，并兼编一个小报的文艺副刊。“平津流亡同学会”拟发起组织一个统战组织——“山东省文化界抗敌协会”，要我代表“同学会”去联络一些当时在济南的文化界知名人士来做发起者，我那时想到的第一个人就是老舍。

老舍当时是齐鲁大学的教授。我久已慕名，但未见过本人。一天，我到了齐鲁大学，在他所住的并不宽敞的住所里，他热情地接待了我。我说明了来意，老舍便满口答应了做发起人的事。这是我和他的第一次见面，也是给我留下最良好的印象的一次：热情，坦率，没有一般那些大教授、大作家的架子……我临告辞时，他还把我送出老远老远。

“山东省文化界抗敌协会”筹备会第一次开会时，老舍是第一个到场的。他谦虚地坐在会场的一个不显眼的角落里，在签到簿上签的名字是蝇头大的小字，字工整极了，不像一些“大人物”那样张牙舞爪地大笔一挥，恨不得把自己的大名占一张纸。老舍正像在他所写的《八方风雨》（载人民文学出版社出版的《新文学史料》第一期）中所说的，也是在听到“……天上起了一道红闪，紧接着是一声震天动地的爆炸。三个红闪，爆炸了三声。这是——当时并没有人知道——我们的军队破坏黄河铁桥”以后，就离开了济南，我也是在此期间乘撤离济南的最后一列火车离开的，因而“筹备会”什么的也就无从着手筹备了。

1938 年 8 月，我东跑西跑由山东而武汉，而西安，而临汾，而延安，最后到了重庆。到了重庆后，我第一个去拜访的就是老舍。他当时住在青年会的一间小屋子里（这大概是他在《八方风雨》里所说的，先住在小机器房“作候补”“补”进来的），如果多去两个来访者就转不开身。他见我一身寒酸相，没问我情景如何，便主动地塞给我五块钱，叫我“先拿去零用”。我为这种盛情至今仍感“受之有愧”，因为他当时也并不比我富裕多少。

后来，“中华全国文艺界抗敌协会”（以下简称“文协”）的活动展开了。老舍名义上是该会的总务部主要负责人，实际上他是对内对外的“总揽”。“文协”是个统一战线组织。对内，他要团结各派作家；对外，他要应付当时复杂的各种社会关系。如果说，“文协”在抗战斗争中曾起过重大作用，老舍应享第一功。

老舍素极慷慨好客。“文协”有个诗歌组，我是召集人，常常召开座谈会、朗诵会。每次会后，他总是邀大家去吃小馆、喝酒。开会时，他的发言都是很幽默而精辟的；他对诗歌的通俗化、大众化、民族化等，都有独特的见解并有创作实践上的许多贡献。他对人正直好义。在当时离乱的景况下，在国民党反动统治的白色恐怖下，他倡议举行过“义卖”字画对穷苦的文艺工作者们加以救济；他更为不少人被捕被害事进行过营救、呼吁。1940 年 3 月，我和魏猛克被重庆查处扣押，就是他不辞奔走之劳，具保营救出来的。

1939 年夏，我参加了老舍在《八方风雨》里提到的那个“战地访问团”（全称叫“作家战地访问团”），他参加了慰劳总会组织的慰劳团的北团。那时，我和他就“分道扬镳”了。两个团出发前，郭老还在生生花园为大家饯行。同年底，两团先后返回了重庆，他对我处理王礼锡的“善后事宜”颇为赞许。王礼锡当时是以“战地党政工作委员会”特派员的身份参加视察西北战地的，由于和“作家战地访问团”拟欲访问的地区相同，而且他又是原在英国搞“援华”运动的“有功之臣”、在英国享有盛名的诗人 Shelley Wang，所以他被委为访问团的团长。他不幸在我们访问到山西中条山的时候，突患黄疸病，经送洛阳急救无效去世。王去世后，由我做主，给他选择了洛阳龙门与白居易陵墓遥遥相对的一个山头为墓地，并立了“诗人王礼锡之墓”的墓碑，安葬了这位诗人。老舍以此事为例，赞赏我的“办事能力”，我却悲伤着，为在万丈烽烟里没有照顾好战友而暗暗痛疚。

……

解放后的 1950 年年底，我又回到了北京。老舍那时是北京市文联主席。他见到我，战友重逢，问这问那，很关心我的生活与工作情况。他了解我在旧社会所走过的坎坷道路。他在我 1951 年结婚时，自愿做“证婚人”，并在婚礼时幽默地讲了许多鼓励的话。

这期间，我在人民文学出版社工作。由于业务的关系，我和老舍的联系更加密切了。他的许多著作，大多是由我做责任编辑的。我不但从同他的接触中学习了好多东西，也从编辑他的著作过程中学到了不少知识。人们都称他为“语文大师”。我在他的作品的语言方面，领会到自己的贫乏和他的渊博。出版社从一成立起就订了“长远规划”，规划中就订有出版他的文集一项。在他生前，几乎是每次同他相见，我和楼适夷同志都要催促他，请他赶快编选出来；可他，总是推说他没什么值得留给后人的东西而一拖再拖下来。好容易在“文化大革命”前“说服”了他，决定由出版社先提出选目，再由他本人修改定稿后出版文集十卷，可惜，晚了，他却在“文化大革命”一开始的 1966 年 8 月 24

日与世长辞了！

无论在友情上还是在工作联系上，老舍是我最最痛心怀念的一位良师益友。解放后的多年中，每逢农历正月初二，我必去给他“拜年”，并在他家“共进午餐”。我特别欣赏他的夫人胡絜青大姐所“炮制”的“芥末墩”。有一年，我的爱人生孩子，恰在“年初二”，我因没有去他家“拜年”。老舍在我初四去的时候责备我说，年年初二等你来，今年却没有等到……当我说明了情况，表示了歉意后，他赶忙问起产儿产妇的安康来了。

1966 年 8 月 27 日，我听说老舍逝世后，即去北京市文联打听确切消息。另一天，我在街头遇上了胡絜青大姐，她告诉我说，老舍含冤逝世后，周总理立即遣人到她家去慰问，并征询有什么困难问题需要解决，等等。她说这些话时眼里是含泪的。我怕加深她的难过，只好忍住了哽咽，默默地离去了。周总理对死者的关怀，在我心中也装满了温暖。

1978 年 6 月 3 日下午，在北京八宝山革命公墓举行了隆重的老舍骨灰安放仪式。我在当天上午特去胡大姐家。胡大姐把事前置备好的骨灰盒抱出来给我看。她说盒里面并没有骨灰，只装了老舍生前用以写作的一支钢笔，一副眼镜，还有一包茶叶；她并且说，因为老舍生前已戒了烟，所以没有放进纸烟去……胡大姐是忍着悲痛这样说的。我望着没有骨灰的“骨灰盒”，也在忍着悲痛听着……

1979 年 2 月 3 日，是老舍诞生八十周年纪念日。我回顾了他的一生，不禁为中国文坛上陨落了一颗巨星而惋惜、悲痛！他的宁死不屈的倔强形象，仍浮现在我的面前。他在临终之前，手持《毛主席诗词》默默诵读、徘徊于湖边的身影，永远耸立在我心中。我怀念他！他逝世时才不过六十七岁！假如他还活着，不是那样凄惨地离开了我们，以他那热爱党、热爱人民、热爱祖国的满腔热情，以他那被誉为“人民艺术家”的勤奋的笔，他将会在粉碎了“四人帮”后，在党中央引导着全国人民进行新长征、向着四个现代化急行军的大好形势下，创作出多少更加令人喜爱的好作品来呀！……

徐光耀

徐光耀，曾用笔名越风，男，1925年生，雄安新区雄县段岗村人。著名作家、电影编剧家。中国作家协会会员。

1938年参加八路军，同年加入中国共产党。参加了抗日战争、解放战争和抗美援朝战争。历任一二〇师特务营战士、冀中军区警备旅政治部锄奸科干事、技术书记、解放军二十兵团野战新华分社记者。1947年毕业于华北联大文学系，在解放区《冀中导报》发表短篇小说《周玉章》。1950年入中央文学研究所学习，同年在三联书店出版长篇小说《平原烈火》。1953年初中央文学研究所毕业，同年加入中国作家协会。1958年创作中篇小说《小兵张嘎》和同名电影文学剧本。1983年至1996年任河北省文联主席、党组书记，曾任中国文联委员、中国作协理事。

新时期出版了短篇小说集《树明和莺花》《望日莲》和中篇小说《四百生灵》《冷暖灾星》，其中《冷暖灾星》获河北省文艺振兴奖。另有三部剧本《新兵马强》《望日莲》《乡亲们哪》被拍成电影。

徐光耀崇尚生活本身的质朴美，所刻画的人物鲜明生动。中篇小说《小兵张嘎》及同名电影分获第二届全国少年儿童文艺创作一等奖，散文集《昨夜西风凋碧树》获第二届鲁迅文学奖（1997—2000）。

徐光耀历尽坎坷而矢志不移，饱经磨难后仍达观睿智，其创作呈现幽默而苍凉的悲喜剧风格。正如铁凝在为《小兵张嘎之父——徐光耀心灵档案》一书所作序中所言：读过这部传记的读者，一定能够从中感悟出正义、良知和“体完神清”对于一个穿越过那么多人生风暴的作家的分量。这样的分量也让我不断提醒自己，收敛起一己的小悲欢，扩展胸怀去凝望满世间的山高水长。

作品选读：

幽默贾大山

人们说，贾大山这个人有点怪，可能的。可读贾大山的作品，给人的感受不是怪，是幽默。一篇如此，十篇八篇仍是如此。所以我说，幽默是贾大山作品的主要特色、主体风格。这一点，在他的新作《喜丧》中，又得到鲜明的证实。

短短六千来字，写出个鼓凸凸的农民牛老桥来。牛老桥一生困顿，却“无思无虑，无悲无苦”，无往而不乐，连死也死成个“喜丧”。这个好到不能再好的贫下中农，经过合作化，经过“大跃进”，经过“大包干”，始终保持欢欢喜喜的人生态度，到了历史的转折关头，忽而无意中成了“万元户”，于是大笑一声，飘然而逝，圆满地结束了他“平常人所得不到的幸福”。

考究牛老桥的“业绩”，其作为都是豆芥之微的细故，表现最突出的是笑，有干笑，有苦笑，有流泪的笑，也有天真的笑，到哈哈大笑了，也就到了跟我们告别的时候了。值得思索的是：在我们欣赏过这许多笑之后，眼睛忽而发湿，心上觉有一种莫名的沉重；想一想，却又吁一口气，仿佛已卸下肩上的大石，觉出一阵冷峻的轻松来。这，是否就是那幽默的形象，幽默的风采，幽默的意蕴的效果？

牛老桥有在新社会成长的农民的优良品质，他勤劳、正派，极为善良，非常相信人，充满朴素的阶级感情，宽厚到不动一点儿心机。这一切，是他一贯乐观的原因，也是他事事都满足、样样都看好的立身根本。他实在太可爱了。然而，贾大山的幽默就出在这太可爱上。在你爱到动情的时候，又由不得掺着些苦涩、凄凉，以及一丝丝酸楚。他，过年也“爱吃素”，不要说了；破鞋可当凉鞋穿，也不要说了；不吃蔬菜会得癌症，他也视为无关紧要，在那个时候也只能如此。可是，改革大潮已然掀起，他已成了“万元户”，却还在厉行那一套“不仅会安慰自己，还会安慰别人”的哲学，还要花高价买女儿们叫“娘”，还是宁坐慢车不坐快车，就有点交代不过去，就不免“善良”得过分，也“忠厚”得过分了。他有那么好个老伴儿，尽管亲密无间、感情深笃，可他全然悟不到他已成了她的一个负担，一种束缚。他在不知不觉中，全然落在了历史车子的后面。正是为此，对如此可爱的一个人儿，连我也要说一声：“安息吧，老桥同志!”他的去世，是一个真正意义上的“喜丧”。

我们有些自我标榜为“现代派”的作家，往往以挖掘和批判我们民族文化意识中的诸般丑陋自命。他们的努力也许是难能可贵的。然而，这类的许多作品，读来总觉不曾击中要害，不是隔靴搔痒，便是把略经打扮的“概念”进行搬运，老给人感受不到那应有的深切和警醒，更有的夹杂些毛糙和弊病，令人生疑。贾大山在这儿提供的是另一类型。他运用形象的力量，快快活活把个牛老桥送走了。既然历史已经不需要继续造就这样的好人，新时期农民本应去掉那任事都由别人代“想”的惯性，甩掉那保守、“宽厚”和盲目的“乐观”，文化意识就应该是开放的、进取的，力争获取富于创造、目光远大、自立自尊、与时代同步前进的观念。《喜丧》所达到的这个憬悟，不是要比那些貌似“现代派”的作品更要“现代”得多也深刻得多吗?

文学作品能否震撼人心，主要不在说教，而在形象。不管你对牛老桥喜欢不喜欢，这一人物的真实性是千真万确无可辩驳的。他像是一棵高粱，鲜明质朴，就长在你面前的中国土地上，它的根须，扎在你的心中，也扎在我的心中。真实，是幽默的必备品格，假造的幽默只能是闹剧。其实，贾大山就是河北大地上的一棵高粱，他的枝枝叶叶，他的每一个毛孔，都渗透着河北大地的水脉汁液和泥土气息。一句“布票花不清”，就能提示一个时代。所以，乡土特色要由乡土来涵养；真的乡土特色才真的使作品色彩辉耀。有活生生的心，才有活生生的人。民族文化不是说更替就能更替的。大众化，民族化，也不是浮在云彩里能唤得来的。就说调侃吧，不是生活积蓄瓷实肥厚，怎能两三句话就写得笑中有哭，酸中有甜，是中有非，邪中有正呢?怎能在莞尔微笑中，忽又被刺着似的“一激灵”?这功夫，须得几多积累、几多锤炼啊!

幽默，又是性灵智慧的集中表现。智慧由教养、经历、禀赋等等所凝聚，但只有经受大地乳汁的调养，才更蓬勃繁荣。贾大山扎根于家乡大地，极力潜心学习，精心观察，生活态度十分严肃，又是个善思善想、趣味多样的人。人们只晓得他不爱开会，不爱照相，不爱热闹，不爱写自我吹嘘炫耀的文章，并且以为怪，却没有深究他的处世为人。他一双专注的眼睛，从没有离开过周围的老乡亲，总保持跟他们心心相印、气息相通。他读书，研究文件，从不马马虎虎。他涉猎唐史、佛经，崇尚“静虚”，为的是静以致远，虚心冶性，学以广才。他会唱京剧，翻得难度很高的跟头，会拉二胡。至于惟妙惟肖地伪造“语录”，冷僻中忽发连珠妙语，都是拿手好戏。不过，最能够表现贾大山其人的，还是他的作品。可以这样说，他的每一篇小说，都是深思熟虑、惨淡经营的产物，是言之有物有感而发的精心佳构。它们总是那么简练，含蓄，流畅，精致，不矫饰，不造作，生动自然，又饶有思辨色彩。篇幅短小，却字字结实稳当。有人说，贾大山对自己的许多小说能从头至尾逐句背诵下来，早年听说孙犁也有这套功夫，可见一个严肃的作家，为了事业，是怎样呕心沥血，投尽自己的生命年华啊。

可惜而又可惜，从数量看，贾大山未免写得太少了。不管出于什么原因，总是令人有点遗憾。现在好了，继《贺富》很快来了《喜丧》，叫人充满快乐的希望。

贾大山是河北省第一个在全国得奖的作家，其作品有着众多首肯心仪的读者群。深可惋叹和惭愧的是，他的作品还没有引起应有的关心和注意，未能很好地通过分析评论，总结其经验，扩大其影响，给他一个恰当的评价。他的小说也竟然至今没有结集出版。我们已经开过不少的会，讨论过不少的人，我们还应再开一个会，认认真真地讨论一下贾大山，讨论他的作品，他的特色，他的幽默，以及他的为人。我想，我们一定能从讨论中学到更多的东西。

一九八七年二月二十六日

莲池精气

我在保定莲池住过两回。第一回在一九五九年，但这回不能说住，是我的工作机关——保定文联在里面“办公”，我的宿舍却在市委大院儿。莲池是古书院，美丽而慷慨，但由于时势和心境的紧张，还未及领略那风韵和逸趣，就搬出来了，简直说不上是住够了，还是没有住够。

隔过十四年，我又第二回住进去。这回是在群艺馆，“办公”在其中，住宿也在其中。从那广亮大门里进出，向来不花钱的，算得上是半个主人吧。可惜当时是一九七二年，对面“望湖春”楼上安着七八个高音喇叭，每天十四小时发布着“声明”“勒令”和“最最强烈的抗议”，古城东部的大街小巷，尽在这声浪的涵盖之中，而莲池受惠最实在，连喝水杯子里都经常震荡着声音的波纹。

其实，“文化大革命”已闹了六七年，枪声炮声炸楼声都听惯了，神经很耐磨炼，喇叭的吼叫算得什么呢？其实“造反派”搞这玩意儿的本意，也就在给人世添点“乐子”，何尝有什么真格的认真！

然而，我还是病了。

病从气虚开始：头晕，耳鸣，双腿发软。我住二楼，每爬一次十三级台阶，都须靠在墙角喘喘气，才得进家。旮旯里戳着父亲遗下的拐棍，是老人家八十岁之后的手制，我那时四十七，竟也想该把这玩意儿拄起来了。康乐厅东南有条曲水，上架一座石头的罗锅小桥，若从地平算起，它高不足五尺，长至多一丈，本是供游人观览风景的点。我偶尔由桥上经过，上它时两腿发酸，下它时肚子发抖。这才猛然悟出高音喇叭的骚扰是不可小瞧的。

然而，从哪里去找逃脱的法子呢？

入冬了，灾难也接踵而至，俗名“五十岁肩”的肩周炎，竟提前来光顾我：先是右臂渐渐不能抬起，系扣子得弯腰，洗脸须以头够手，后来，连掏上衣袋里的东西也很费劲了。只得请教医生。医生说治法有两条：或全身麻醉，用人力把肩上粘连着的韧带撕开；或不怕疼，自己活动臂膀，慢功复原。活动臂膀也有两条：一是用手指“爬墙”，一“步”一层砖，爬到痛不可忍，则可稍候，待痛止再爬；另一法子是在屋顶置一木轴，上穿绳索，双手执绳头往来拉拽，直至把韧带拉开。

为保护脑子，全身麻醉之法，我不敢用；而第二个法子须动用木匠，我住的是办公室兼宿舍，屋梁上安木轴，须得领导批示，以我右派的身份，这是很难通得过的。于是选择了“爬墙”。然而，这食指与中指的倒替上爬，尽管每

“步”只跨一砖，看似轻易，但真的爬到与眼相平的高度，却是疼痛钻心，汗流浃背的。再往前看，如此一砖一砖爬下去，靠它把肩膀爬开，我的天，谁晓得何年何月才能达到啊？

一天早晨，独自在“不如亭”畔闷闷独步，忽见土山坡上有棵小树，长得枝干虬蟠，峻嶒瘦硬，粗刚及一握，横杈稍高于头顶，不由心中一动：把它来拼命摇晃，不比“爬墙”更有效吗？摇一下试试，小树坚而韧，弹性十足，摇感很使人惬意。自此，每日清早和黄昏，园内无人时，便来这儿猛摇，摇之又摇，成为日课。

感谢这棵坚硬而不知名的小树，它帮我把肩周炎彻底治好了。来年开春，因担心一冬的摇晃把它摇死了，不时特意走去看它。在春风的吹拂中，它逐渐生出圆圆的叶子，幽森而墨绿，后来又结出米粒大小的花蕾，开出一簇簇球状白花。这花颇像山野里的花椒，或许就是花椒的同科或同类吧？

我对这小树的感谢还不止此，它给我的另一桩启示，其实更为重要。就在腊月寒天中摇晃它时，臂膊的酸痛不去说了，那寒风刺骨的滋味是特别难熬的。起初我只是原地跺脚，后来就围树打转，终至走投无路被逼拖着木僵之身跑起步来。我越过小桥，绕过竹丛，环莲池四沿一路奔窜，到跑回小树时，居然腿脚灵活、浑身也暖烘烘的了。当再摇而又再僵时，便撒开了再跑。

绕莲池一周，须跑二百七至二百八十步。初跑，我至多三圈，再跑，便会上气不接下气。一个月过去，渐感不甚尽兴，遂增至六圈，又过一月，更增至八圈、九圈，不出三个月，十二圈也能轻松地跑下来了。尤为意外的是，食量增加了，两腿变粗了，睡眠深沉，心神大旺，连摇树也腕下长了力气。真所谓歪打正着，明显加速了肩周炎的恢复。

有了甜，才有馋。肩周炎好了，跑步再也放不下。春天重来，晨起一早，我必赶在莲池大门敞开之前，紧鞋薄衣，围着那池清水起跑。杨柳垂着长条，水面泛着涟漪，亭台壮丽，水阁清幽。我先从水东楼的阴影里穿过，穿长廊，过芬轩，跨君子长生馆，跑向庄严的康乐厅……如此周而复始，心神谐融，跑一个淋漓痛快，一身轻松。就在此时此刻，我才猛觉拨开一层云雾，在这个迷离世界中第一次发现了莲池：它原来竟有如此的优美，如此的雅致，如此的怡悦可人！而这些美妙品质，其实已存在很久了，我今日才发现它，只是身上来了精气神的缘故啊。

是的，与我分享这撩人情趣的，还有几位医界人士，如治肝炎的圣手门大夫，儿科专家侯大夫，并其他三四人；还有位西邻长者，深会养生之道，修得鹤发童颜，神清气朗，嗓音尤其洪亮。每当清晨，莲池大门尚开未开之际，他们侧身进来，集散于湖心亭上，吸清风，行散淡，坐立徜徉，悠游以待红日的升空，充满着生之意趣。我跟他们对照起来，恰是一动一静，共同衬托着莲池一早的清幽与活力。

当然，高音喇叭忽然又响了，我们便知嘈闹重又来临，慌忙作鸟兽散，知趣地各奔前程去了。

尽管如此，我的体力仍在迅速增强。有一晚去省第一监狱看电影，不想把自行车坏在那里，我竟一个跑步，七八里远，赶在大门上锁前到了莲池。又一天拂晓，送妻子赶火车，正逢大雾，等了三十分钟不见公共汽车开来，离火车到点还剩九分钟，我命妻子骑车带包先走，自己一个急跑，七分钟赶到了车站。五十岁的老头儿，这也就可以了。

大约就在这年，国家忽在保定举办足球大赛，各省市球队一齐汇聚而来。这是很给古城增光的盛事，有关当局为不负大好时光，抽了我去充当临时记者，参与大会实况的报道。不过，来的正牌记者是很多的，入在“另册”的我，不可能靠前，被分配专访广西队。此队战绩不甚佳，本来有一次赢球机会，不知怎么守门员一时大意，把个接住的球又脱手，让它从胯下溜进了球门。我虽然没什么“用武之地”，能跟着精壮的小伙子们东跑西颠，也很费了体力，若没有每早莲池十二圈的基本功，怕是顶不下来的。没有功，可也没有过，用低标准看，也不算太负保定了。

后来，大约是“文革”结束的那一年，还有另一次难忘的考验。正是初夏，我忽地闹起肚子来。自试体温，发烧三十八度。但由于武斗还凶，夜无行人，哪里去找医生？熬到次日天亮，忽觉内急，忙往厕所跑，谁知竟一路头重脚轻，眼前金光乱舞，到头晕欲倒时，我扑向一根电线杆子，不想就此一跌，全然失去了知觉。

……恍惚中我听到一句话：“行，缓过来了。”睁开眼，见一只手正按在我脉口上，是门大夫。转眼再瞧，周围一圈人，妻子在背后戗住我的腰，俱都满眼惊慌。想我瘫坐地上已然许久了。到神志恢复、大家搀我回家时，儿科专家侯大夫才嘱咐说："以后注意跑慢点儿，太快了不行……"

在给我输液时，大夫发现我臂上的肌肉很硬实，笑着赞赏说："不碍！小胳膊子足实着呢，就会好的。"果然，不出三天，我就上班了。

我离开莲池的时候，也就离开了保定。日子过得真快，一晃又是十年。十年中，几年跑步，几年跑步变散步，虽形式略异，而坚持照常。如今，已是年奔七十，因衰败而给人添腻烦的日子，还不算很多，拐棍的诱惑没有再次出现，腿下依然可供奔走。每当身轻气盛感觉良好时，仍不免想起那棵坚韧的小树，想起莲池，想起那水面、垂柳、清风和阳光，还想起那句"注意跑慢点儿"，是它们，温煦煦在心里一直暖我到今天。……

一九九二年五月十八日于石家庄市

扫描黄胄

有人说，冀中平原，一望千里，不见起伏，线条过于单调，是不容易出大画家的。

然而，不容易是不容易，还是出了，这便是以画驴出名的黄胄。

黄胄，姓梁，生于冀中腹地的蠡县小梁庄，有印章"小梁庄人"可证。说他以画驴出名，一小半是事实，一大半却是"四人帮"把他打成"驴贩子"的结果，物极必反，原要将他打倒搞臭，不想更扩大了名声。当然，画驴确是黄胄的绝活儿，《百驴图》足为证明。但黄胄的成就绝非止此，他最早在国内获大奖的是《打马球》，在国际上得大奖的是《风雪洪荒》，画的是人、马、骆驼；至于维吾尔族少女、牛、鹰、狗、鸡……无不笔墨老辣，刚劲挺拔，独树一帜，秀出当代，不是单单一个"好"字了得的。

五十年代初，黄胄与我曾在同一单位工作，那是在华北军区文化部，他在美术组，我在文艺科，但还彼此不识，只听说美术组有个黄胄，速写功夫挺好，画个人像，唰唰几笔就立起来，且神形兼备，栩栩欲活。当时还以为传言夸张，过不久，就听说《打马球》得奖了，而那时得奖，可不像现在这么容易。

第一次见黄胄是在一九五七年的“鸣放”会上，我刚调总政创作室不久，会场上二十来人，大多是校官，角落里却坐个胖胖的年轻少尉，宽脸丰颐，浓眉胖眼，粗憨得像个农村壮丁。他坐在那里，几乎半天都不说话。我问别人这是谁。答曰：黄胄。这才知道他也调创作室来了；一面又诧异这个得奖的美术家，竟然有这么一副丑相。

“鸣放”一过，紧接着就“反右”。会场上剑戟森严，杀气腾腾，角落里这个胖少尉，却依然紧闭厚嘴，一言不发。我便担心在如此激烈的阶级斗争中，人人争打“冲锋”，独他冷坐不动，对政治如此淡薄，不挨批才怪！不想第一、第二个“对象”斗过去了，第三个却轮上了我。我的天，真是猝不及防，风云突变，什么“反党”“资敌”“走卒”“背叛”……连明彻夜，狗血喷头，真所谓万箭攒心啊。这么的十多天，黄胄突然发言了，他的话极简单，只说：“凭你自小参军，仗着党养大，也跟着别人反党，叫人怎么说好呢，要恨你吧，心里又丝丝拉拉的，咳。”就这么完了。在当时的火炽高温中，这样的“批判”，是连“表态”也不算“够格”的。真万幸没人挑他的岔子。

记不得是第多少个半天了，我又被长枪短剑狠斗三个小时，好不容易散下会来，正昏天黑地耳鸣眼晕地独自往家走，不提防黄胄从后面拉住了我，拍拍肩膀说：“光耀，上琉璃厂转转去呀。”

这太出我意外了，琉璃厂是贩卖古玩字画、供人消闲的地方，我现正烈火烧身，去那儿干什么？不是开玩笑吗？便说：“不去。”他却更拉紧我的手：“嗨，你一个人回家有什么事儿？走走，我带你看看画儿去，不懂点美术，你作家也当不好。”我本来还要挣扎，但禁不住他拉紧不放，这才忽地明白：哪里是看什么画儿，分明是见我淹进泥河，要拉我上岸罢了。他这样做，是要冒“同情反党分子”风险的。我不由心上一热，也来了“丝丝拉拉”的感觉，便任他拉着走了。

那时的琉璃厂，除了荣宝斋，还有多家公私合营画店，四壁所悬，尽是名家，还有不少明清佳作。但我于画一窍不通，看不出门道，黄胄便指指点点，给我解说，就像现在流行的陪着首长参观那样。不仅如此，还一力撺掇我：“买一张，买一张！你搁着稿费又下不出小崽儿，这可是陶冶性情的……”我理解，这“陶冶性情”四字，正是他拉我来此的深心，而一份古道热肠，就这样平白自然、了无痕迹地流出，尤使我魂魄震颤。

在他的逼迫劝诱下，我终于买了一幅齐白石的《群虾》。当夹着这画轴往家走时，心中已云开雨霁，只觉有股爽亮的清溪在流：慈姑叶下，水藻丛中，一些活泼泼的小生命在那儿欢蹦乱跳。……

可惜，我的这幅齐白石，在“文革”中，连同我的结婚证、第二次文代会同毛主席的四尺合影、我在朝鲜前线的全套彩照等，都给一群武装的“贫宣队”抄走了。抄了就抄了，其他都不足珍贵，独独这幅画，却日甚一日地更觉其精美绝伦，无可比拟，就是它，载我渡过了泥河的啊！

黄胄的名字，还接着红火了一个时期，尤其邓拓题词的《春兰》，在荣宝斋木版水印之后，声誉更见隆盛。这在当时的知识分子，是很危险的。果然，“文革”一来，他就进了“黑画展览”，什么“驴贩子”“黑权威”“盗窃国宝”……诸般罪状，水泼而来。抄家、批斗，自是应有之义，大画家，转眼间便倒在万众脚下，任人践踏了。不过，我那时正在保定“改造”，对他这些遭际，不得“躬逢其盛”，只有些“耳拾”而已。

大约是一九七五年，“文革”已是强弩之末，连整人的魔鬼也疲倦了。保定几个老乡，风闻黄胄已获某种松动，便计议去看看他。其时我恰有任务进京，他们便弄些小米大蒜，装成小兜，托我捎去，表心意，探虚实，是兼而有之的。我也便兴冲冲上路了。

按照地址，找到门户，敲了老半天，门才哑然闪开一道缝，梁夫人文慧辨认许久，才悄悄放我进屋，而且马上说，黄胄不在家，出去了，问我何事。说话间，神色仓皇，迟疑畏缩，连语句也是“缺苗断垄”的。我举目略略一看，什物凌乱，四壁萧然，竟无一张字画在墙。问黄胄几时回来，她也了然不知。猛然间，我似乎懂了一切，便放下大蒜小米，道声珍重，仓皇地告辞出来了。

直到坐上了回程的火车，一颗心还像在磨扇底下压着，沉郁酸楚，不得解脱。默然良久，猛有一句话怦然响上心来：“光耀，上琉璃厂转转去呀!”咦，黄胄不也正需要去逛琉璃厂吗？然而，火车正在一路南飞，逛琉璃厂？只有做梦罢了。说着做梦，梦魂里就萦回旋绕，满脑子飘游起来，最后竟“飘”出一首小诗，觉得也是一番心意，一旦下车，便写封信给黄胄寄去了。诗曰：

不得随风上高堂，烟熏火燎又何妨？

志在千年万年后，印红犹显小梁庄。

这当然是“黑话”。可在那时候，“黑话”也是一种需要，它毕竟证明朋友尚未相忘于江湖。十多天后，果然收到黄胄的信，寄来一张尺半“镜心”：在折伏的芦花散苇丛上，一排鸿雁，正鼓翅逆风而进。那雁的颈子，个个拔得又长又直，强挣努劲之态，一如黄河滩上的纤夫。这，不就是黄胄吗？信却只有一句话：“小画一幅，请勿给旁人观看。”“黑画展”的阴魂依然在紧紧地缠绕着他。

俱往矣。黄胄现已进入老年，活得很好。大到什么程度才算大画家，不是拿尺子可以丈量的；吹擂海捧，也只一时的热闹。黄胄的作品已响遍海内外，各大绘画、博物馆竞相收藏。炎黄艺术馆如何巍峨灿烂，我还没有实地瞧过，但其名已在社会上响如雷震。至于黄胄其人，从电视荧屏上看，宽脸丰颐，银发蓬勃，虽然拄了拐杖，却仪表堂堂，更比年轻时漂亮多了，看神气，这副样子至少可保持到一百岁。今年初，他画了一匹正面奔马，据说，无论从哪个角度看，它都在向你飞腾而来。

这匹马，该就是黄胄对自己的写照吧。

一九九三年十一月五日于自拔斋

战地拾零（节选）

下边这十余小段文字，摘自我抗战时期的记录本，皆得之于目击耳拾，有些则是稍后时期的采访录。往日读之，颇嫌琐碎寻常，如今再读，忽感新鲜之风扑面，非但朴实亲切，亦且妙趣横生，尤以那原汁原味的醇美，更觉迥异时文，启人心智。于是稍加整理，以飨读者，并略表纪念抗战胜利五十周年之意。

一

黄书元十四岁扛活儿，扛到十九，参加了八路军，已打过十几次仗，负过五次伤。

打徐水一个据点时，他冲到敌人枪眼外头，敌伪的机枪“咕咕咕”还在打，他蹿上去把机枪扳倒了，使自己人顺利上房，可因机枪早已打红了，烫了他一手燎泡。

敌人终于支持不住，缴了枪。我们叫敌人把枪扔出来，排成队往外走，最后出来个挎小撸子的伪官。黄书元问他：“你是什么干部?”他说：“我是连副。”黄说：“把撸子给我!”那家伙乖乖地给了。黄又说：“你们那挺机枪，刚才我可听见了，嘎嘎地打得挺好，这会儿，零件可不能缺了。”那家伙说：“不能不能!一个螺丝也不能缺。”黄说：“光说不行，你得打几发给我看看。”伪连副赶忙把机枪推上子弹，打了几发，果然非常好。黄书元高兴异常，这才说：“别害怕，八路军优待俘虏。”

黄书元五次负伤，都不曾下火线，人们问他，你负伤了为什么老不下来?他睁大眼睛说：“都不重嘛!”可他脑瓜顶上有白白的一溜沟，那是一次爬寨墙时，叫敌人的机枪扫的。

二

唐县通往保定的公路上，有个小小庄，民兵工作特别强，多少次敌人从这儿路过，都让他们炸死、打死许多人。敌人恨透了，发来大兵，见人就杀，见房就烧，连残垣断壁都推倒铲了，彻底来了个血洗!

可这小小庄的人毫不屈服，剩下的人，青壮年加入民兵队，老少娃娃分散到四邻各村。在砖瓦缝里撒上高粱种子，地面以下挖成战斗地道，把修枪造雷的小修械所也搬到地下去，照样给来来往往的鬼子以严重打击。

小小庄的人都变了，原来不愿让儿子当民兵的，现在跟着到处埋地雷；住在外村的大娘大婶，挎着篮子，提着瓦罐，给民兵们送好吃的；在敌区有关系的人家，找伪军们拉关系，搜集他们的消息，偷买他们的子弹；姑娘们都把民兵小伙儿看作英雄，有事没事找他们唠嗑，跟他们吊膀子，还有亲自参加战斗的。小伙儿们扎着日本皮带，蹬着日本马靴，打着三八大盖，到处走动，个个威风凛凛。

日本投降时，一队鬼子兵从唐县往保定撤，被他们截住猛打，居然缴获一门小钢炮，两挺机枪，还抓了三个活的。

三

农民出身的老福根被敌人捉住了。审问时，敌人用棍子使劲打他，他默不作声，只在心里一下一下数那落在身上的棍子数，心说："你打吧，总有我报仇的一天，到时候，我也抡圆棍子，一加二地打你们!"

在一次班务会上，指导员说，你这个思想有点农民意识，报仇还兴加倍呀?他反驳说："咦，你怎么忘了? 宋朝大奸臣潘仁美，把老令公的儿子杨七郎捉住，绑在芭蕉树上，射了一百单八箭，那是多惨! 后来，杨六郎把潘仁美逮住，就扎他二百一十六枪，这叫天理报应，忠臣、奸臣，你不能一律看待!"

四

敌人绑着革命干部尹志壮赴刑场去处决，还逼着据点里的群众夹道参观。尹志壮在人的胡同里从容往前走，突然妻子从人丛中钻出来，扑在他怀里泣不成声。他用胳膊肘把妻子的下巴颏儿托起来，慢慢地说："以后，不必苦守，另拣个人吧，守节是老封建，故意为难妇女，人一去，就完了。我在地下真的眼见你为我吃苦，不是更加难受吗?"其妻悲痛欲绝，说不上话来。尹四围一看，对近处一个老头儿说："老大伯，麻烦你搀她一下，她身子太弱，谢谢你了。"老头儿过来，忍着泪把他妻子搀开，完成这最后的诀别。

第二天，街里土地庙的神座上，出现了两个一尺左右的泥人，一男一女，并肩而立。一直立了几个月，无人触动，也不知作意为啥，作者为谁。

屈宝宸

屈宝宸，自号竹韵斋主，男，1933 年生，雄安新区雄县龙湾乡道三村人。中国楹联学会会员，中华诗词学会会员，中国老年书画研究会会员，中国乡土诗人协会会员，河北省书法家协会会员，河北省楹联学会会员，河北省诗词学会会员，河北省雄县楹联学会理事，雄县耕余书画社、书法协会会员。

1950 年抗美援朝时由“雄县初师”参军，1959 年曾参加西藏平叛一年，1961 年至 1962 年到武汉军事干部学校学习，后留河北军区司令部。曾做打字员，训练处参谋，河北军区训练大队副队长、队长。1970 年任雄县武装部部长；1981 年调安新县武装部，任部长，至 1986 年 12 月退休。退休在家时爱好并深入学习书法、诗词。因家中有一小片竹林，自号竹韵斋主。

屈宝宸对诗词非常热爱。他在 2006 年 6 月 20 日所作的《老有所学乐在其中》中这样描述自己：“我现年七十四岁，由军队退休，是个好学好动，退而不休，闲里寻忙，忙中找乐的人。有人劝我说：‘在职的时候学与忙，是为了工作，现在退休了，不工作了，还不好好休息。’我说：‘如果退休全休，那就快进火葬场了。’所以，我自誉为‘老得学’‘无事忙’，而乐之不得！”他对于诗文的热爱表现为“学”，最大的动力则是“乐趣”。

在晚辈人的眼中，屈宝宸就是一个对诗联痴情的智慧老头，用他“90 后”的孙女屈杏伟的话形容就叫“书痴”。屈宝宸著有《竹韵斋诗联集》《竹韵斋诗联集之二》和竹韵斋汉俳短歌集《裁云集》《镂月集》《采霞集》《百读段乐三》等。目前已发表的作品主要有七绝《晚练》《读菊诗》《秋望》，五绝《荷花笔会有感》《重阳题梅》《赏桃花》《桃花艳》《红云抹树屏》，七律《登六郎台》《四邻》《庆祝党寿五十年》《耕余入世桃花笔会（鹤顶诗）》《缅怀刘胡兰》《闲步府前街花园》《桃花笔会前》《诗朋雅聚四首》，五律《闲游信步》《淀边憩歇》《曲岸吟草》和词作《西江月·贺陈一冰体操夺金》《浣溪沙·亚运秋光》等作品六十多首，楹联作品七十多副，汉俳一百五十多首。

此外，他参编《河北省安新县大事记》，入编《河北当代文艺家名典》。他的诗歌作品常刊载于《乡土诗人》《汉俳诗人》《中国短歌首选集》等书刊并获奖；书法篆刻作品曾刊载于《中国老年》《老人世界》等书刊并获奖；汉俳作品曾荣获“首届海内外汉俳创作大奖赛”优秀奖。

屈宝宸的书法于2002年经河北省书法家协会书法评级委员会评审为七级，书法作品曾荣获第二届“清泉杯”全国书画大赛三等奖、第二届“王子杯”海峡两岸书画大赛优秀奖、河北省政府安置军休干部纪念抗日战争胜利六十周年书法类展二等奖、保定市军休系统纪念抗美援朝作战六十周年书法类一等奖等多项奖项。

作品选读：

楹 联 选

（一）

车行树驶三场雪；云侵月晕万盏灯。

（二）

国运兴隆山欢水笑人气旺；党恩浩荡雨咏风歌物华新。

（三）

奇姻亦人亦仙，妙女潘郎弓作缘，玉堂春暖；巧婚或鬼或怪，莺姑张婿花为媒，金枝月圆。

（四）

赞英雄，缚龙伏虎，移星揽月千钧力；歌领袖，纬武经文，激浪吟诗八斗才。

（五）

清风明月原无价；瑞雪祥云却有情。

诗　选

索　句

索句入荷塘
不见诗情只觉香
求诗赐良方

咏菊诗

重阳赏菊时
闻讯赴邀再去迟
夜咏菊花诗

无　题

老伴儿问老夫
卸鞍解甲入诗无
且看云卷舒

墨　趣

情钟追翰墨
砚边云影何时落
笔底添春色

老 翁

老翁愚不愚
丹青翰墨思无虑
展纸春山绿

咏 竹

虚心挺且直
日照生辉向上时
效竹入新诗

小伙忙撒网
姑娘采红菱
啊，亲爱的家乡
人好水好光景好
花红果红日子红

天蓝蓝，水青青
无边芦苇绿葱葱
我的家乡光景美
一池碧波明如镜
水底养珍珠
水面绽芙蓉
稻花香千里
渔歌声连声
啊，亲爱的家乡
人好水好光景好
展翅高飞奔前程

祖国妈妈我爱您（歌词）

我爱妈妈　妈妈爱我
我是妈妈爱的寄托
妈妈幸福我幸福
妈妈快乐我快乐
啊　我是妈妈放飞的小鸟
千里万里飞不出妈妈的心窝
我是妈妈放飞的小鸟
千里万里飞不出妈妈的心窝

我爱祖国　祖国爱我
我是园中小小的花朵
祖国风光我风光
祖国富强我放歌
啊　我在祖国怀抱里成长
我的心中永远装着亲爱的祖国
我在祖国怀抱里成长
我的心中永远装着亲爱的祖国
我在祖国怀抱里成长
我的心中永远装着
亲爱的祖国

拾豆豆（歌词）

胖丫丫哎俊妞妞
手牵着手儿过沟沟
过沟沟拾豆豆
一拾拾了一兜兜
依呀得儿哟
一拾就拾了一兜兜呀依儿哟

金豆豆哎银豆豆
圆不溜溜的红豆豆
一颗颗拾到手
丰收果实不能丢
依呀得儿哟
丰收的果实不能丢呀依儿哟

胖丫丫哎俊妞妞
手牵着手儿过沟沟
过沟沟拾豆豆
一拾拾了一兜兜
依呀得儿哟
一拾就拾了一兜兜呀依儿哟

金豆豆哎银豆豆
圆不溜溜的红豆豆
一颗颗拾到手
丰收果实不能丢
依呀得儿哟
丰收的果实不能丢呀依儿哟

露 水 集

鱼儿蹦，虾儿跳
花鲫穿上了绿柳条
黄鳝鱼直往篓子底里钻
大元鱼探头探脑眨着小眼四下瞧
太阳还在睡懒觉
桥头鱼市早热闹
西红柿，扁豆角
鲜亮嫩生的青辣椒
大黄瓜顶着花带着刺儿
西葫芦用手一掐滴溜溜水珠往外冒
踩着露水上早市

老主顾见面先问好

秤杆子冒蹶子高
价格也公道
吃的是个新鲜劲儿
香甜的日子步步高

下　棋

柳荫下，晚霞里
两位老者正下棋
楚河两岸摆战场
将遇良才试高低
这一位调虎离山施巧计
那一位左右周旋寻战机
不见硝烟起
但闻马蹄急
当年是战友
如今成对敌
人到老年有所乐
别有一番情趣

柳荫下，晚霞里
两位老者正下棋
马闯连营炮打象
小卒过河拱大车
这一位手捻银须心头喜
那一位紧锁双眉搔头皮

不见血成河
却有尸遍地
戎马大半生
仍恋举战旗
兵家胜败寻常事
其中自有乐趣

白洋淀的传说

白洋淀，波连波
一波一首美妙的歌

有一位窈窕淑女小嫦娥
能歌善舞有姿色
王母娘娘收义女
九天玄女来祝贺
送给她无价之宝菱花镜
还有那九匹上等好锦罗

这一年八月十五云遮月
广寒宫里多寂寞
玉兔一旁打瞌睡
嫦娥思凡珠泪多
手捧着菱花镜心烦意乱
一失手锦罗宝镜全坠落

菱花镜碎成了九十九瓣
大大小小成湖泊

九匹锦罗似彩带
变成了上梢九条河
若不信中秋月朗你再来
准看见对淀梳妆的小嫦娥
白洋淀，故事多
篇篇都是动人的歌

白洋淀是个聚宝盆

一网金，一网银
鲤鱼出苦跳龙门
白洋淀里鱼虾肥
富了水乡打鱼人

小村口，柳树荫
织席姑娘手儿勤
千丝万缕织不尽
水乡一派艳阳春

鹅一群，鸭一群
疑是水上漂白云
十里荷塘歌一片
白洋淀是个聚宝盆

路作舟

路作舟（1937—2017），号二阳老人，斋名竹里馆，男，雄安新区雄县人。1963年毕业于北京师范学院中文系。曾任中学教师、文化局和文联干部、涿州市书法家协会顾问、涿州市美术家协会副主席、涿州市老年书画研究会理事、河北省书法家协会会员、河北省散文学会会员、中国书画家协会名誉理事。

路作舟自幼跟随祖父路仙樵学习诗文书画。1963年北京师范学院中文系毕业后，几十年来一直从事文化工作，诗文书画兼长。1988年被选为涿州市书协主席、美协副主席。

近年来，先后出版个人诗集《竹下吟》、散文评论集《杂烩菜》、小说剧本《罂粟》、画集《墨竹百萃》、收藏集《我的收藏》和山水集《山水百图》等。

作品选读：

墨竹百萃（其一）

笔墨虽简意味浓，半生画竹无言中。
逸笔草草君且看，一只螳螂变应龙。

论 画 竹

板桥画竹追石涛，今人画竹说板桥。
我谓僧道两昆仑，无法更比有法高。

石涛画竹好野战，漫无章法章法现。
挥毫常伴风和雨，百年画图墨不干。

一干千亩说文同，无限都在有限中。
画竹万千徒费墨，须知原本色即空。

东坡画竹笔如书，凌厉雄强前世无。
凛然正气尘难侵，千载风骨说老苏。

画竹形貌难画神，须知心中当有真。
笔墨随时情为贵，学识五列铸青魂。

喜画兰花怒画竹，不喜不怒为糊涂。
凝神息虑情为要，兴致所至出好图。

匠人画竹追其形，文人画竹求其神。
形神兼备是画理，半做匠人半文人。

画竹写竹莫去分，高风亮节见精神。
乾坤正气贯永世，须知画竹是画人。

画竹容易画人难，多为人类有心肝。

挥毫当防墨四溅，不许半点染胸前。

画竹有法多画人，高低贵贱自有分。
无人无法徒为画，过眼世态过烟云。

古人画竹章法严，一笔一画有渊源。
人字介字惊飞燕，删繁就简求自然。

画竹须截半腰中，修竹方显舞凌空。
偶作根笋别有意，画亦载道与文同。

竹干须紧枝叶松，笔从天降八面锋。
疏密浓淡随意布，一幅图画四角空。

竹有七情与人同，喜怒哀乐无言中。
唯贵无欲禀性正，非花非木独留名。

咏竹画竹何所图，半醉半醒半糊涂。
云浮天外闲不语，朝露一滴济青蚨。

泛舟白洋淀

泛舟白洋淀
水香沁心甜
桨摇碧空里
船行白云间

风习习

水涟涟
心逐长空雁

何时有此水
淀水可通泉
泉下可有龙
龙宫今阙是何年

风习习
水涟涟
碧波禹皇现
治水遗此泓
润泽千里旱
今朝搞发展
龙宫也在变
钻塔耸天悬日月
石油花开星烂漫

泛舟白洋淀
心随碧波远
何处燕时楼
何处赵时关
雄兵何处藏
烽火何处燃

风习习
水涟涟
沙渚界石现
燕南赵北

利刃斩天断
今朝搞发展
银闸耸霄汉
闸起闸落任龙游
淀南淀北欢声乱

泛舟白洋淀
心潮逐浪翻
箭荷一何红
红菱一何鲜
英雄雁翎队
出没在哪边

风习习
水涟涟
淀边老柳频指点
英雄儿女保家乡
淀水处处鲜血染
今朝搞发展
英灵心也欢
豪气长贯水泽乡
碧血浴花花更艳

泛舟白洋淀
心潮逐浪翻
水天一何阔
云去一何远
仰天思周公
遗愿何时现

风习习
水涟涟
云幻总理现
齐努力
奋向前
不做空腹苇
要学砥柱坚
振兴中华莫畏险
誓创伟业在人间

泛舟白洋淀
豪情油然添
耳边鼓角鸣
眼前竞千帆
中华儿女多壮志
欢声一片勇争先

梨花时节访凤鸣

梨花时节访凤鸣，两翁相觑话语梗。
火中涅槃昨夜梦，喜看庭前雀开屏。

画作《峥嵘》配诗

高不盈尺天地生，风吹雨打亦峥嵘。
一朝驾鹤西天去，纸上仍留一老翁。

题山水画诗（十首）

（一）

自由生长在平原，偏爱异笔写山川。
南宗北宗浑不论，任意挥洒求自然。

（二）

昔日苍龙逞疯狂，大禹无奈空彷徨。
今朝牵着龙头走，一路欢歌下太行。

（三）

无才补天坠中原，辛逢乱世起烽烟。
异氏三雄结手足，悠悠千载说桃园。

（四）

退休归来仍务农，燕山脚下种大棚。
莫道残年无大用，车车情意送京城。

（五）

昔日离家住草棚，今朝归来影无踪。
妻儿扬臂高处指，新居就在第五层。

（六）

春花秋月一举觞，人生万事放眼量。
长天茫茫浮云度，老树垂臂挽夕阳。

（七）

江上风雨几度秋，渔家老翁不知愁。
青山依旧多情甚，零落桃花顺水流。

（八）

爨下焦桐劫火残，七弦正直等闲看。
总因世俗知音少，携向深山独自弹。

（九）

一耸太行操大野，几挂清流半隐中。
岚嶂深处多游地，听似无声胜有声。

（十）

画室不大地域宽，南疆北国尽山川。
画至酣时江作墨，一峰飞出天外天。

涿州秋兴八咏

双塔晴烟

姑嫂竞艺双比肩，中天耸立遏云还。
蔼蜕千峰衔落日，风惊万户咀晴烟。
蛮花腥色飞天外，康居棋阵列眼前。
觞饮登临须尽兴，杨柳春风鹧鸪天。

城桥夕照

苍茫大地一线连，虹飞忽来坠云端。
青龙呼啸南北去，赤兔奔腾东西穿。
岂赖天开作蓝本，只教神斧筑仙关。

了。那人却笑着对我们说："小同学们，不要怕。过不了多少日子，"他用眼扫了一下北窗外的日本岗楼，"他们就要完蛋了。现在我们学唱一首歌。"说完，他轻轻地小声唱起来：

高高的青纱帐，屹立在大清河旁；
高高的青纱帐，大清河边的老乡。
莫要放下你的头，莫要放下你手中枪，
我们要保卫青纱帐，我们要保卫青纱帐。

那歌声是尽力压低声音唱出来的，听起来，好像发自内心深处，似一股暖流，流入我们幼小的心田。我们也小声地一句句学唱。不大会儿，我们便学会了。我们又一遍遍连唱，声音越唱越大，渐渐地竟情不自禁地大声唱起来。讲台旁的学董慌忙制止了我们，他神情紧张地向窗外张望，我们也随着向窗外望去。只见岗楼上的日本哨兵，端着带有明晃晃刺刀的枪也向我们这里张望。再看那教歌人，他手里已握紧手榴弹。我不禁把心提到嗓子眼儿。因为岗楼离我们学校太近了，只有几十步远。我料定岗楼上的日本兵是听到我们唱歌了。过了好长时间，那日本兵才慢慢转过身去。我们又小声唱起来。

半个月后，学校旁的日本岗楼被我八路军端掉了。在庆祝胜利的大场上，站立着一队队八路军战士，他们每人肩上扛着枪，腰上也挎着两颗手榴弹。他们雄壮地唱起《保卫青纱帐》这首歌，我想他们也一定是那教歌人教的吧，说不定教歌人就在他们队伍里。我和小伙伴们从队前跑到队后，逐个寻找那位教歌人。我看着他们每个人都像，每个人又都不是。我们跟在他们旁边也大声唱起来。不几天，村里的青壮年们也唱起这首歌，他们唱着这首歌，一批批参加了抗日队伍；妇女们也唱起了这首歌，她们唱着这首歌，把一批批军鞋送往前线；村里的人们都唱起这首歌，这首歌响遍大清河畔，像战斗的号角，激励着人们为保家卫国而斗争。终于在一九四五年八月十五日，我们赢得了抗日斗争的最后胜利。

从小学、中学一直到大学，我学了不少歌，而今会唱的不多了，唯有这首歌，永远回荡在我心里。

望

约莫四更，我被隆隆的钻机声震醒。妻子和儿女们还在香甜地睡着，我却再无睡意。我轻轻穿好衣服，披了大衣走出家门。天色黑乎乎的，一弯上弦月已失去它应有的光辉，悄悄地躲到衰柳后面，几颗寒星眨着眼，显得格外明亮。我沿着灰蒙蒙的小路，走上清河堤顶。河对岸不远处，耸立着一座高大的石油钻塔，钻机隆隆地响着，塔上挂满了灯，那就是1802号钻井。衬着乌兰的天幕和闪烁的灯光，远远望去，依稀可以看到上面有人在晃动。我想，那大概是杨超吧，他是钻井队队长，作业时，总是站在最高处。杨超是我的学生，来这里钻井，看过我两次。他见我对家乡出油感到格外兴奋，对我谈了许多关于油田开发建设的情况，并邀我夜间到井上去，登上井架，看看油田的夜景。我就是在他的引召下，下意识地来到这里。河面结着厚厚的冰，宽不过二十米，走过去如履平地，然而，我踌躇了。一种严肃的感情制止了我的脚步。我踅足向西，信步沿堤踱去。

越过一丛老柳，走到一段树木稀疏的堤段。极目四望，清河畔的油田一片灯的海洋，远近钻塔上、工房上的照明灯和汽车的车灯，一挂挂，一串串，有的接上天，有的地上转，一时分不清哪是灯，哪是星，哪是地，哪是天。只听得钻机声、汽车马达声、喇叭声，和着铁锤声、钢管撞击声，混成一片，搅得整个大地、天空都在颤动。这哪里是严寒彻骨的隆冬之夜，分明是繁忙的不夜的春天。我情不自禁地又向河对岸那1802号钻塔望去，希望闪出一点光亮，在这纷乱的模糊不清的人影中映出杨超的面庞，可惜望了许久仍没望见。

杨超原籍涿州，三岁时丧父，后随母居住到新城的外祖母家，是一个吃山药干长大的娃娃。他带的钻井队，从大庆到华北，三次立功受奖，先进红旗永远飘扬在钻塔尖上。一次他高兴地让我看了一封他的家信，信是他爱人写给他的。信中告诉他一件喜事，他们的第一个小生命出世了，是个又白又胖的男孩，望他能回去看看。我当然也替他高兴，并催他早日回家。他却笑了笑说："现在不能走，再有一百五十米就拿下这口油井，看到出了油我才能走。"这就是我们映山离去了。初闻噩耗，我很震惊，不相信这是真的，他那么好的身体，那么好的人，怎么会说走就走呢？我相信，我们还应有再续前缘的一天。我要再次拿起笔来写些东西，他在天上看到了也会感到欣慰的。这尽管是梦，但也算作是对映山兄的一点纪念吧。映山兄，你那微微的笑脸、殷殷的话语，永远印在我的心里。

刘锦云

刘锦云，男，1938 年生，雄安新区雄县人。著名作家。中国作家协会会员。

1963 年毕业于北京大学中文系，历任北京第八十四中学教师、昌平县四清工作团团员、昌平县村公社干部、中共昌平县委党校干部、县委文办主任、中共北京市委宣传部文艺处干部。1963 年开始发表作品，曾任中国戏剧家协会副主席，中国文联委员，中国作家协会会员（1983 年加入中国作家协会），北京市人大常委会委员，中共十五大、十六大代表。1982 年调入北京人民艺术剧院任编剧，1992 年任第一副院长，1997 年成为继曹禺之后的北京人艺第二任院长，2003 年退休。

著有短篇小说《在希望的田野上》《途中》，中篇小说《茫茫口》等数十篇，另有多篇散文发表。短篇小说《笨人王老大》获 1980 年全国优秀小说奖。

刘锦云多年从事话剧创作，写出《狗儿爷涅槃》《背碑人》《阮玲玉》《风月无边》等经典剧本。《狗儿爷涅槃》获“第四届曹禺文学奖”，成为人艺“压箱底儿”的剧目，并入选高中语文读本。《阮玲玉》获 1996 年“五个一工程”奖及文华奖剧目奖。另有多幕剧剧本《山乡儿女行》（合作）、独幕话剧剧本《毕业前夕》（合作）和《春天的故事》（合作）等。

刘锦云退休后依然笔耕不辍，几年间创作了四个剧本，其中一部是反映三十年前冀中农村生活的作品《日出而作》。该剧被河北省话剧院“相中”，由查丽芳担任导演。全剧语言幽默精炼，用保定方言演出，是地地道道的河北人写、河北人演、说河北方言的一部舞台剧。

作品选读：

《狗儿爷涅槃》（节选）

1

［舞台上一片漆黑。在渐生的微光中，可见一个形状巍峨的旧式砖砌门楼的剪影。

［先闻一阵窸窸窣窣的响声。一根火柴划亮了，旋又被风吹灭。在火光一现中，我们看见了他——狗儿爷。狗儿爷，这记载着他和他的父辈一段辛酸历史的不雅诨号，已经伴随着我们主人公走过七十余载的人生旅途。村中的老少爷儿们，似乎忘记了他的堂堂大名——陈贺祥。此刻他已老态龙钟，满头堆雪，但那神态，却像一只困兽，张望着、捕捉着，也伺机着。又一根火柴被他划着，又灭去。

狗儿爷：娘的！一辈子不走运，临了连根洋火都划不着，邪了，邪了……

［又划一根，着了。他去引燃一个用柴草扎成的火把——

［他身后出现了祁永年的幻影——姑且称之为祁永年吧，他做吹火状，随即一阵风哨声，擎在狗儿爷手中的刚刚引着的火把又灭掉。

狗儿爷：（猛回头，始惊愣，继平缓地）是你？

祁永年：是我。

狗儿爷：你不是人。

祁永年：……不是人。

狗儿爷：你是鬼。

祁永年：……是鬼。

狗儿爷：你来干什么？

祁永年：因为你想我。

狗儿爷：我想你干吗？

祁永年：因为……你闷得慌。到了咱这岁数，想谁来谁就来。（指门楼）就这么烧了？

狗儿爷：烧。

祁永年：放火可是犯法。

狗儿爷：我烧我儿子！

祁永年：还有我闺女、你那儿媳妇一半儿呢。

狗儿爷：一块儿烧！

祁永年：烧了，烧了，你"了"啦？哈哈！

狗儿爷：你笑什么？

祁永年：我笑你。

狗儿爷：笑我啥？

祁永年：笑你不如我。

狗儿爷：（蔑视地）我会不如你，嗯？我会不如你？

祁永年：你狗儿爷就是不如我。我住过这门楼，大荷包掌柜的我当过，死了——虽说死得不那么开心，大小算个三顷地的财主，也闭眼了。你呢，得门楼，烧门楼，这就叫狼肉贴不到狗身上。

狗儿爷：你给我滚，臭地主！

祁永年：咱俩可是儿女亲家。

狗儿爷：我压根儿不认，怕脏了我的门风。

祁永年：咱俩，一辈子鸡吵鹅斗，一辈子冤家对头，这晚儿，该讲和了。人家小两口可正商量过好日子呢——

［门楼的另一侧，出现陈大虎、祁小梦。

祁小梦：门楼是你爹的命根子，你敢动？

陈大虎：破车碍好道，就得动动。

祁小梦：今儿下午可是闹了个人仰马翻。

陈大虎：人老了，好糊弄。

祁小梦：你爹可不好糊弄。

陈大虎：还不是照样蒙他。咱就说把门楼卖了，卖钱还账。他一病二十年，卖门楼子还了他吃药的钱。

［狗儿爷、祁永年一直在谛听。

狗儿爷：我是地主！

［一阵枪声震耳。李万江持枪跑上，他是民兵小队长。

李万江：谁是地主？

狗儿爷：（指祁永年）他是！

李万江：（训斥地）逃亡地主祁永年听着：命令你即刻回家，仔细如数地清理浮财，把土地文书匣子准备出来，听候斗争处理。

祁永年：（恐慌地）是。

李万江：老老实实，不准捣鬼！

祁永年：是。（欲下）

狗儿爷：（神气地）回来！

祁永年：是。

狗儿爷：老老实实，不准捣鬼！

祁永年：是。（下）

狗儿爷：（兴奋欣喜地）万江兄弟，咱们的队伍打回来了？

李万江：打回来了。

狗儿爷：解放了？

李万江：解放了！

狗儿爷：不受祁永年的气了。

李万江：永远不受了！

狗儿爷：咱，有地种了？

李万江：很快就平分。

狗儿爷：大恩大德，大恩大德！兄弟，你狗哥半辈子忍受祁家的，别的房子俺不要，求你做主，把祁家那高门楼儿，俺吊在上头挨过打的，把它分给咱吧，行呗？

李万江：行，就分给你！

狗儿爷：大恩大德，大恩大德……

［村中乡亲苏连玉风风火火地跑来。他是个剃头匠，常赶集上会，因而消息灵通，是一个办好事不见多好，办坏事不见多坏，而又非常乐意助人办事的家伙。

苏连玉：狗儿哥……俺狗嫂没啦！

狗儿爷：（急切地）她……

苏连玉：俺们都躲在东沙岗的柳树巷里，一个炮弹下来，炸了个锅底儿坑，嫂子她就……

狗儿爷：我那大虎呢？我儿子呢？

苏连玉：孩子倒没事，好好儿的，抱回俺家去了。

狗儿爷：（大恸）芝麻有了，媳妇没了！我的亲人……我的儿子……

4

［啼。陈大虎的声音："爸爸，爸爸！"

［灯光照亮门楼的一角，满头白发的狗儿爷偎伏在那里。

［陈大虎找到了狗儿爷。

陈大虎：爸爸，您又犟乎什么呢？

狗儿爷：（一动不动地）我想你妈。

陈大虎：（平静地）亲妈死了，就为您那二十亩芝麻……

狗儿爷：想你后妈。

陈大虎：后妈走了，就为您死心眼，想不开……

狗儿爷：（紧紧抱住门楼的砖角）门楼，我的门楼！

陈大虎：就剩这门楼，还有我。您要哪个，说话吧！

［祁小梦披衣上。

祁小梦：大虎，城里打来长途电话，问咱的白云石厂啥时候开工？

陈大虎：照时不误——明天。

祁小梦：明天？这门楼——

陈大虎：拆。不拆怎么走汽车？爸爸，回屋去吧！

祁小梦：折腾病了，还得俺们伺候您，都挺忙的。

狗儿爷：（无可奈何）虎儿的妈，虎儿的妈，我的亲人哪……

5

［光启前，先闻苏连玉的声音："狗儿哥，走吧！"

［春日拂晓，凉风习习。路边有星星点点的花草。狗儿爷和苏连玉并肩走来。

苏连玉：我的哥哥，瞧你这三心二意的劲儿，这是娶媳妇，美差，不是上杀场！

狗儿爷：美差是美差，可这么快，不怕老少爷们儿笑话？

苏连玉：没人笑话这个。老话儿说：女人好比是墙上的泥皮，揭去一层还有一层。走了穿红的，就有挂绿的。你这二茬子光棍的罪，还没受够？种地，开油坊，里里外外，又当爷们儿，又当娘们儿，不是事儿。我担着剃头挑子走村串户，早就替你留神踅摸了。

狗儿爷：这兵荒马乱的，缓腾缓腾再说吧！

苏连玉：得了，狗儿哥，别拿捏着啦。桃村那头我可递过话儿去了，我说俺们陈大爷中年丧妻，日子足性，别的甭说，光香油家里也趁个三缸两缸的。听我这么一说，那小寡妇小嘴儿乐得瓢儿似的。再说那小模样儿，就别提多俊了。我想想长得跟谁似的，咱村就没那么个人……对，就跟你们家西屋东墙上贴的那张吕布戏的那个貂蝉似的。

狗儿爷：真的？

苏连玉：去了瞧哇，这又不是隔山买老牛。说句丧良心的，见了她，恨不得头年柳树巷那一炮打的不是你媳妇，干脆是我那块“产业”——邋遢相儿！长得磨盘似的。

狗儿爷：别瞎说。人家多大？

苏连玉：十九。

狗儿爷：我都三十八啦！

苏连玉：怕啥？这年头，有您这十五石五斗芝麻戳着，黄花闺女都能娶，小寡妇算啥！咱哪，事不宜迟，说去就去，有把儿烧饼先攥到手，不能临了儿放了秃尾巴鹰，给它来个先下手为强——抢！

狗儿爷：抢？

苏连玉：听我的，没错儿。他们那儿是敌占区，还没闹“妇女解放”呢，寡妇嫁人缺多大理似的，谁要生了这个心儿，再是个漂漂亮亮的，那帮子红了眼的光棍汉就都来下家伙，谁抢到手是谁的，还有半路上让人劫走的呢。瞧，我还带根打狗棒呢！（亮出身后的棍子）

狗儿爷：（也早有准备）我还带了根绳子，万一要是……

苏连玉：（恍然）敢情你小子早有准备，还在这儿穷磨牙！走吧，趁天没亮。

狗儿爷：十八里地，一跑就到。

苏连玉：记住，到那儿，别说你三十八。

狗儿爷：知道。

［二人隐去。随即灯光照出一树桃花。冯金花背身站在树下。狗儿爷在央求。不远处有苏连玉持棒的身影。

狗儿爷：你叫冯金花？

［冯金花点头。

狗儿爷："寻"我你愿意？

［冯金花摇头。

狗儿爷：哎呀，到这时候了，来点痛快的吧！先扭过脸儿来行不行？

冯金花：（转身）给你，让你看个够。

［狗儿爷假装吸烟，划亮一根火柴，他是要借亮瞅瞅。火光照亮两个人的脸。

狗儿爷：娘的，是挺中看。

冯金花：妈哟，你多么大啦？

狗儿爷：三十……三十一。

冯金花：比我大一轮。

狗儿爷：你也属狗？

冯金花：什么？

狗儿爷：（急数算）子丑寅卯……属蛇，都属蛇，你看我这记性。

冯金花：我嫌你大。

狗儿爷：还大？这小女婿的拳头，大女婿的馒头——大女婿知道疼，我的傻奶奶儿！我疼你……

冯金花：呸！——怎么个疼法？

苏连玉：（插话）瞧他那满脸胡茬子。

冯金花：嗯？

狗儿爷：这……（猛见苏连玉向他伸出三个指头）噢，我许给三条。

冯金花：三条，哪三条？

狗儿爷：居家过日子，男的是耙子，女的是匣子——咱可别是没底儿的匣子。进门你当家，我交钥匙，行呗？

冯金花：差不离儿。第二呢？

狗儿爷：大麦二秋，不用你下地。

冯金花：我还是肉皮子嫩，日头晒了长毒疮。

狗儿爷：我行，庄稼人有闲死的，没累死的。眼下地不多，日后地多了，咱兴许还能雇个人手儿呢！

冯金花：真的？你说还能雇人？

狗儿爷：怎么着，就许他们雇我？告诉你，咱……有存项！

冯金花：听说了。第三？

狗儿爷：第三……（见苏连玉又向他伸出三个指头）噢，许你不上三台：……一不上井台，咱村南有甜水井，村北有凉水泉儿，我把大缸小缸给你挑得满满的。二不上磨台。捅驴屁股抱碾棍，本来不是娘们儿干的，粗罗曲子细罗面，供上你吃用了。三不上锅台，我会烙饼摊鸡蛋，切细咸菜丝儿泡香油，咱见天吃这个。还有什么你说，我满应满许，行了呗？

冯金花：哼，你们男的都这样儿，这会儿急得蹽蹦儿，说啥都行，过后儿就变卦！

狗儿爷：咱狗儿爷可不是那路人。

冯金花：（掩口）嘻……

狗儿爷：大名陈贺祥——我说孩儿他妈……

冯金花：去，来不来的先叫这个！

狗儿爷：我样样儿许了你个老满儿，可有一宗，你可得把咱大虎看顾好，那可是咱陈门后承啊！

冯金花：（伤神地）我死了男人，又新死了孩子，奶还没吊上去，（抚胸）老胀得疼，怀里空得慌，缺个孩子。

狗儿爷：那，芝麻粒儿掉进针鼻里——巧啦！连玉兄弟，成啦——

冯金花：谁说成啦？

狗儿爷： 不成？不成再说，咱长长的工夫耐耐的性儿，你还要怎个儿？

冯金花： 俺们这儿的老例儿，不管新人旧人，不能脚踩地走着出村，不能落下话把儿，说俺们是自个儿走来的。

狗儿爷： 可眼下，哪儿去找人马车辆呢？这么办，我背你——（摆架势）

冯金花： 累死你！

狗儿爷： 心疼了不是？

苏连玉： 还有我呢。（吓唬地）瞧，大道上可有一伙人过来啦！

狗儿爷： 孩儿他妈，快——

冯金花：（趴上后背，捶他脊梁）你个狗儿爷……

狗儿爷： 回家吧，我的狗儿奶奶！（小跑）

冯金花： 哎哟，瞧你，硌我腰啦……（咯咯笑，被狗儿爷背下）

苏连玉：（羡妒地）好事儿全叫他摊上啦！喝喜酒去。

6

[舞台一片敞亮，敞亮得有些耀眼。磨砖对缝的海青门楼修饰一新。紫红紫红的大枣压颤了枝条。门楼前、枣树下，略置矮方桌、矮板凳。

[冯金花坐在矮凳上纳鞋底儿，随着针线的走动，嘴里悠然地哼着什么小曲儿。

[幕后传来狗儿爷的喊声："往哪儿跑……"遂上，手里攥儿颗红枣。

冯金花： 嚷谁呢？又是这么纸糊的驴——大嗓儿！

狗儿爷： 你倒自在，我给牲口拌顿草的工夫，让人家把枣树刨了你也不管。也没见过这样的穷孩崽子，自打小枣儿刚落花儿胎就来糟害，不怕贼偷，就怕贼惦记。（又喊起来）有人养活没人管的听着，你家是过日子，人家也是过日子！

冯金花： 行了，行了，火上房似的，不怕人家笑话。本来嘛，大枣大枣，谁见谁拢，一个稀罕物儿，吃个就吃个，乡里乡亲的，抬头不见低头见，莫不成谁家还能房顶上开门儿？

狗儿爷： 今儿丢仨，明儿就许丢五个。（看手里的大枣）咱小虎儿呢？

冯金花：让那院他连玉大婶抱去玩啦。你过来瞅瞅……

狗儿爷：啥？

冯金花：虎儿的大鞋底子，都快赶上你啦！

狗儿爷：邪乎，四岁的孩子能有我脚大？

冯金花：我说，明儿我想赶个集去。

狗儿爷：一哭二笑，三赶集四上庙——娘们儿的能耐。

冯金花：我想找个先生瞧瞧，过门儿这几年了，我也没……

狗儿爷：就为这……嗨，年轻的时候我就算过一卦，说我命中一子，怕啥？好儿不在多，一个顶十个。

冯金花：想起这档子，就觉乎着对不住你。（抽咽起来）有个一男半女的，也是我的个依靠。

狗儿爷：你这么疼虎儿，还怕虎儿不疼你，不护你的怀？

冯金花：谁知道呢，一层肚皮一层山……

狗儿爷：咱虎儿可是有良心的，用不了几年就长大了——他大了，我也老了！

冯金花：你不老，老了，我也不嫌。

狗儿爷：是呗，小女婿的拳头……

冯金花：行了，说说又来劲了，唱曲儿似的哄我，当初你三条五条地满嘴抹蜜，过了门儿怎么样，这几年拿人当驴使，差点儿没把人累死。

狗儿爷：过日子就得抽筋扒骨。眼下好了，菊花青买了，气轱辘大车拴上了，磨扇压手的日子总算过去了，趁眼下地皮子贱，能多抓挠几亩是几亩，先把苏连玉大斜角这三亩买过来，好一好儿明年还能多置点。（仰看门楼）你老祁家吹灯拔蜡，完蛋啦！高门楼，过浆砖、小布瓦儿、磨砖对缝，十里八村头一份儿的体面，姓陈啦！见天见打这儿走几趟，不吃饭心里也舒坦。姓祁的，哪天老子也把你挂在这门楼上打打秋千。你狗儿爷有这么大权力？有！谁给的？咱政府！

［苏连玉上

苏连玉：（喊）狗儿哥！

狗儿爷：瞧，肥猪拱门来啦——

冯金花：玉兄弟，过来坐。

苏连玉：嫂子，虎儿可真聪明，扳着手指头数数儿，一气儿能数到三百。从小看大，三岁看老，这小子大了准不是善茬儿，秀才、举人手拿把攥。（回身叫）来吧，这老地方，你还不熟？

［祁永年神情萎靡地走来，停步，直盯着那本属自己现却已归外姓旁人的门楼，心思无限。

狗儿爷：（扯过苏连玉）你怎么把他给带来了？

苏连玉：买地卖地，这得过帖子，写文书，咱村除了他，没人会写。

狗儿爷：你就不许顺手划拉划拉？

苏连玉：我呀，贴对联儿还把个“肥猪满圈”贴屋里呢！不怕，咱斗争性儿归斗争性儿，事儿归事儿，就算咱借他的手使唤使唤，让他伺候伺候咱，还不行？

狗儿爷：对，今儿让他伺候伺候咱。……祁永年，过来坐吧！

祁永年：不不，我就站站。

苏连玉：叫你坐你就坐，站着怎么写字？

祁永年：是。（坐下，打开布包，摊开笔砚）

狗儿爷：虎他妈，咱那张高丽纸呢？

冯金花：在墙柜东头的皮匣里。

狗儿爷：快，给咱钥匙。

［冯金花把拴有铜铃的钥匙给他。

冯金花：（得体地）祁家大哥，喝水。

祁永年：不敢不敢。看得出，日子挺发旺啊！

冯金花：托共产党的福呗。

祁永年：是，是，这眼下，又要置地……

［狗儿爷取纸回来，让冯金花回屋里。

狗儿爷：（接道）手里头有俩糟钱儿，闲着也是闲着，就置买点儿。庄稼人地是根本，有地就有根，有地就有指望，庄稼人没了地就变成了讨饭和尚，处处挨挤兑。这理儿——你在行啊！

祁永年：是，是。

狗儿爷：（卖谝地）这菊花青也是残骨头，这两天不大拿食儿，大把大把的料豆子抓给它，闻都不闻，叫我灌了它两勺子香油才好了。连玉兄弟，这气轱辘车就是比咱那笨式花轱辘拿活儿，打足了气自个儿就往前窜，邪不邪？大菊花青都坐不住坡，那天愣抻断了两根后轴。

苏连玉：（顺口答音）那是，马是龙性。

狗儿爷：还有这门楼，这一归置，更体面了吧？

苏连玉：体面多了。

狗儿爷：老祁，你说呢？

祁永年：体面。

苏连玉：（对祁永年）还愣什么？开写吧。

祁永年：老苏，你是要卖……

苏连玉：村东大斜角，三亩。

祁永年：（感触殊深）大斜角……

苏连玉：这你门儿清，在先是你们祁家祖遗产呢。

祁永年：（落笔，随口念出）立卖契人苏连玉，因本身不便……

苏连玉：对，本身不便。娘们儿半拉身子骨，常年干不了活儿，除了生孩子没耽误，别的全误了，张嘴物儿不少，干活儿的不多。我也就会剃头，挣不上仨瓜俩枣，有点地也撂荒了。往下写——

祁永年：因本身不便，愿将大斜角地三亩……

苏连玉：写明内有水井一口。

祁永年：（脱口）知道。

苏连玉：对呀，狗儿哥，你忘啦？那年那头骡子……嫂子，你不知道，就在这门楼儿上，他把俺狗……

狗儿爷：（觉得有锐气）别说啦！写——

祁永年：（写）东至……

苏连玉：东至柳树巷，西至老官道……哎，这你门儿清，我才种几年儿？

祁永年：（写）愿卖——多少？

苏连玉：三石芝麻。

祁永年：三石芝麻？（对苏连玉）便宜呀！

苏连玉：便宜就便宜，俺们哥们儿过得着。

祁永年：（对狗儿爷）太便宜啦！

狗儿爷：你还有完没完？瞅着眼儿热你买！叫怎么写你就怎么写不得了，仨鼻子眼——跟我这多出一口气儿！写，三石芝麻……

祁永年：（摇头惋惜，写）三石芝麻，卖与……

狗儿爷：写大名，陈贺祥！

祁永年：（写）永不反悔，空口无凭，立字为证。立字人：苏连玉、陈贺祥。代笔人：祁永年。二位，有印章呀？

狗儿爷：印章？（摇头）

祁永年：那就……摁个手印儿吧！（慢条斯理地打开随身携带的印盒）

［狗儿爷和苏连玉摁手印，祁永年加盖印章。狗儿爷盯着那方神秘的印章，不觉欣欣然、怅怅然。

祁永年：这儿，还缺个“中人”呢——

狗儿爷：中人？

祁永年：买卖借当，都需有中人。

狗儿爷：我知道。

苏连玉：现成的，就他，村长——李万江。

狗儿爷：我去找他——

苏连玉：（有意拦下）先不用，咱这是“周瑜打黄盖”，两相情愿的事——是两相情愿吧？

狗儿爷：两相情愿——“愿打愿挨”。

苏连玉：这就结啦，等哪天遇到他，念叨一声，让他也摁这么一家伙，齐活儿。先写上——李万江。

［祁永年写毕，把他所用什物郑重其事地包起。

狗儿爷：兄弟，到地里看看去吧！

苏连玉：你呀，比当初娶俺狗儿嫂还心急，搿不住接夜的屁，走——

狗儿爷：（支走地）你先走一步，我随后就到，我这……跟老祁说句话。

苏连玉：大斜角——我等你。（下）

狗儿爷：（一时拿不准自己的感觉）祁……祁掌柜！

祁永年：（吓坏了）别别别，我这……伺候着呢！

狗儿爷：你说这地买得值？

祁永年：（抖擞地）太值啦！那地身儿半沙半胶儿，又经涝又经旱，离村又不远，这么便宜就出手，怪啦！

狗儿爷：我也觉乎着有点怪。

祁永年：（寻思，忘形地）嗯，这位苏爷担着剃头挑子绕世界转悠，走南闯北，耳目灵，会不会……会不会是要打第三次世界大战哪？

狗儿爷：什么？——你，你想变天？

祁永年：不不，我什么也没说，我可什么也没说呀！（欲走）

狗儿爷：你别走！

祁永年：我求求你，高高手儿……

狗儿爷：我什么也没听见，行啦吧？咱说旁的……你看呢，这眼下——（指门楼、院落）反正你也是用不着啦，你就把那……（比画）小匣匣，还有那小方块块儿，倒给我吧，兴许我能用上它。怎么样？祁……掌柜。

祁永年：（似乎懂了）这个，你不能用……

狗儿爷：胡说！我怎么就不能用？就许你能用？

祁永年：这上边儿刻的是我的名字——祁永年。

狗儿爷：咱把它磨磨，把“你”磨了去，重新刻上“我”——陈贺祥。

祁永年：你看呢，该“斗争”我的，你们都拿去了，这个，我还留着它，兴许，兴许我还有用着它的时候。

狗儿爷：你小子，还是贼心不死呀！

祁永年：不不，我是说，乡亲们谁要求我写个文书借帖的，对巧还得用它一下，比方说，今儿这事儿。好，请留步——（溜走）

狗儿爷：呸！让你留着，留着它做酱吧！一个小匣匣儿，一个小石块块儿，算啥？老子到集上，刻它一斗两簸箕！

［冯金花闻声上。

冯金花：这又是跟谁嚷呢？

狗儿爷：祁永年，那老不死的！

冯金花：人哪，一时说一时，在先瞧他有多么威风啊，这会儿成落架的黄瓜啦！行啦，杀人不过头点地。

狗儿爷：这小子，还做梦呢！虎他妈，我到……（自得地）咱那三亩地上看看去。

［一阵马嘶。

狗儿爷：别忘了给咱那菊花青添草拌料，狗儿奶奶！

冯金花：忘不了你那心尖子！

狗儿爷：俺看看地去。（扔下那串带铜铃的钥匙，当啷一响）

7

［脚下是陈家坟地。新月投下一片朦胧，有秋虫二三鸣唧。

［狗儿爷踉跄走来。

狗儿爷：看看地去，看看地去，看看我的地，看看我的地去！撒手不由人，这是最后一趟啦……一壶酒，满满儿一壶酒，他一杯，我一杯，我一杯，他一杯，小酒壶一打跟头，酒净了，人醉了，菊花青没了，气轱辘车没了，地没了……

［一左一右的光环里，现出祁永年和陈大虎的面孔。

祁永年：十年河东十年河西，老阳儿不能总晌午。瞧，三天好日子没过，就乱了。乱吧，乱吧，叫你们乱成一锅粥！

陈大虎：（同时）还是这些陈芝麻、烂谷子！爸爸，您就不能说点新鲜样儿的？说吧，说说也好。说说您就知道为什么您撅着屁股拜了一辈子财神奶奶土地爷，临了儿也没发了财。谢天谢地，我没有随您——眼珠子没有长在后脑勺儿上！

［左右二人隐去。

狗儿爷：咱的地没啦，爹！那不是我的酒。是他的——李万江的酒，他提来的，满满儿一壶。李村长是好人，是恩人，给咱这么大脸，不能不喝。他一杯，我一杯，我一杯，他一杯，小酒壶一打跟头，酒净了，人醉了，就都没了！不是没了——李村长说——乡长指示，咱村要“一片红”，人家都红了，你狗儿爷不能当“黑膏药”！不当，打仗支前，土改分田，咱没落过后——我说——可是，把那人马土地，说声归，就归了大堆堆儿，你一人浑身是铁捻多少钉？一人指挥几百条锄把子，能行？

别忘了，亲哥儿俩为一垄青苗，还打出花红脑子来呢！可是行呗——他说——你就擎好儿吧，傻老爷们儿，眨眼之间，咱就楼上楼下，电灯电话，喝牛奶，吃饼干。我说：我不情愿。他说：你就是财黑子，地虫子，三斧劈不开的死榆木头，脑袋瓜子赛石头。我急了：当“黑膏药”，俺认了。他说：那就揭“膏药”！我问：怎么个“揭”法？他说：把你新买的“大斜角”，还有（指脚下）这坟地葫芦嘴儿，都拢过来，画出那边边沿沿、零零星星的来跟你换，是膏药也贴在脚指头上，不能胸脯上来块黑。——别蒙我啦，谁不知道“远女儿近地无价之宝”啊！再说那都是薄沙洼，种一斗，收八升，不换！——不换就得归堆儿，一片红，乡里还等着报喜哪，来，喝！——喝！这工夫，我媳妇，小金花插嘴啦：逢自庄稼主儿过日子，就得随个大溜儿，图个顺气，人家都那样，独独儿咱来个花“虎拨拉”（一种灰绿色鸟）——个色！人家万江兄弟没日没夜地跑动是为谁，还不是为咱好？丑话说前头，你要不入，咱就分家，虎儿俺们娘儿俩入，俺们可不跟着你当那个“膏药”户。听听，敢情她们老娘儿也开会了。——还是嫂子明白，狗儿哥，别二心不定啦，眼看这就楼上楼下——话攻耳朵酒攻心，家神招外鬼，内外夹攻，走投无路，我就归堆儿啦，归堆儿啦——爹！菊花青，那菊花青舍不得走啊，舍不得离开我刚给它做好的三块板儿拼成的新柳木槽啊！这地，也没了，爹，小狗儿——你白吃啦！我，对不起你……（失声伏地）

［祁永年走来。站定，拍了拍他。

祁永年：都后半夜了，秋风可凉，紧自趴着，留神冻着。

狗儿爷：（昏沉沉地）爹，爹，我是狗儿，来了！

祁永年：狗儿兄弟……

狗儿爷：（看不清）你是谁？

祁永年：兄弟，怎么样？这把土儿还没攥热乎儿，就奶妈子抱孩儿——人家的啦！我早就说过，这狼肉贴不到狗身上，当初……

［远处射来一束手电光，照在他二人身上。

狗儿爷：（认出）是你？臭地主！你是瞧出殡的不嫌殡大，看着火的不嫌火苗子

高，地没了——你解恨，你……滚！（一巴掌打在祁永年的脸上）

［李万江上。

李万江： 打得好！狗儿哥，不能让他看咱的笑话。明天开大会，刘乡长给你戴一朵这么大的光荣花！——祁永年，你要老老实实！

祁永年： 是。

李万江： 你不要错打算盘。对你，我们从来没有放松警惕，一旦有风吹草动，拿你是问！

祁永年： 是。

狗儿爷： （欣喜地）兄弟，就你能降伏这坏东西，你是大英雄，俺一辈子听你的。

李万江： 好大哥，咱回家吧，明天开大会——

狗儿爷： （想想）可是，我不要开大会，不要光荣，俺要地，要马，要车……

李万江： 老哥，不能走回头路。

狗儿爷： 不能走回头路？

李万江： 对。天不早了，嫂子还在家等着呢，快回家吧！

狗儿爷： 回家，回家——（猛回身）地没啦……爹！（一头伏地）

［此间，祁永年一直缩在一旁瞅着。

李万江： 祁永年！

祁永年： 有。

李万江： 还愣着干什么？背上他——回村。

老夫喜作丹青赋，天亦为余献友情。

淀　景

水天一色漫无边，翠柳芦花伴碧莲。
飞艇穿梭涌碧浪，扁舟轻摇载客还。
蓑翁收网鱼篓满，姑娘采菱轻如燕。
华北明珠添异彩，游人留恋忘归帆。

鹧 鸪 天

碧水平湖载玉蓉，如钩秋月戏寒星。纤云弄巧弹和曲，眺望登楼舟远行。情切切，意浓浓，几多无奈付酒中。伤心最是离别处，热泪滴羞枫叶红。

春　曲

入面春光随雁来，暖风拂醒百花开。
彩鸢斗艳空中舞，画舫扬波淀里徊。
城里游人潇洒客，乡间耕者汗盈怀。
山河壮丽升平景，一派生机谁可裁。

孟翔聚

孟翔聚，笔名啸梦，自讽“竹叟”，男，1943 年生，雄安新区雄县人。中共党员。国家一级作家。1985 年加入中国民间文艺家协会，《中国作家大辞典》有传。1990 年加入中国作家协会。曾任唐山市电影电视艺术家协会主席。

1961 年毕业于河北气象专业学校。1966 年北京函授学院中文系毕业。1961 年至 1979 年曾从事气象、农林、水利等方面的工作。1962 年开始业余文学创作并发表处女作。1980 年任《冀东文艺》编辑，后任《冀东文艺》副主编。20 世纪 80 年代末成为专业作家。在百花文艺出版社、花山出版社、中国工人出版社、中国文联出版社先后出版报告文学集《人生变奏曲》《唐山风骨》，散文集《栗花香》，诗集《杂芜集》，影视文学集《天使》《谁是被告》，随笔・杂文・书法集《啸梦诗书文》和电视剧《唐山的故事》，另有多部专题片在央视播映。其作品被中国现代文学馆收藏。报告文学《维纳斯，举起你的双臂》获河北省首届“金牛”文学奖，《福星桥》获河北省首届改革题材报告文学奖，电视剧《唐山的故事》获河北省“五个一工程”奖。近年，散文、随笔不断，自吟诗“秃毫石砚任兴挥，糊涂乱抹不临碑。书以自娱寒斋乐，夜半捉笔听子规”为其现实写照。2016 年由香江出版社出版新作《吹葭集》。

作品选读：

在雄州老同学家用餐

桃花流水鲫鱼肥，红缨绿叶白藕脆。
粗粮细作花样新，杯盘七色托美味。
推窗可望白洋淀，举目千帆碧浪催。
同窗老友共欢聚，心旷神怡笑语飞。

钢骨忠魂

——痛记故乡惨案

1945年5月25日至27日，日寇六十七旅团四百余敌，纠合雄县、容城伪军两千余，对故乡（抗日堡垒村）进行大“扫荡”，杀害干部、村民二十二人，烧房七百余间。我冀中十分区武委会与村民奋起反击，打退敌人五次冲锋，击毙日军联队长一名、中队长六名、日军四十余名，伤六十余名。小村成为冀中抗战的一面旗帜。

小小芦昝村，千里大名闻。
抗日铁堡垒，钢骨铸忠魂。
战燹何惧恶，军民两昆仑。
地道成迷宫，火枪扫敌群。
毒气熏不倒，野火烧不尽。
死战三昼夜，铁血映青云。
继承先烈志，擎旗有后人。

舍与得：人生大哲理

——忆老作家徐光耀寄语

手捧舍与得，扑面一股香。
千里赠墨宝，乡音若耳旁。
你村小芦昝，我村是段岗。
翘首望炊烟，三里是同乡。
话如清河水，常在吾心淌。
一九三八年，十三穿军装。
八路红小鬼，身背小马枪。
打过地道战，钻过青纱帐。
当过除奸队，讨伐国民党。
枪林弹雨中，偷闲写文章。
时无文学味，却是肺腑唱。
一生经百战，铁血好儿郎。
英雄砺刀笔，《平原烈火》旺。
磨难不泯志，奋笔喷岩浆。
一个小张嘎，举国都传扬。
迟暮佳作多，连年开花黄。
茁壮《望日莲》，《四百生灵》像。
《千萌大队》铁，《跳崖壮士》狂。
《冷暖灾星》热，《新兵有马强》。
篇篇写战争，群雕英雄像。
老人滔滔话，最后意味长。
给你舍与得，自己细品量。
蹉跎激人奋，灾难催人强。
舍与得互补，人生大华章。

清明感怀（其一）

清明回乡俯追昔，历历往事百感集。
十年九涝听蛙鼓，醋柳苦菜映粥稀。
坯垒土墙蒿草晃，漏雨茅舍尽疮痍。
庶民不知深藏宝，年复一年穷无期。
忽吹东风携春雨，醒来遍地磕头机。
黑油滚滚抽不尽，流向东方炼虹霓。
穷乡僻壤成乐土，万家灯火奏箫笛。

也写梅花

老树枯枝念绿梢，屠苏醉我绽茸条。
冷遇残雪一枯梅，独立寒风恃清高。
体生芒刺咬人手，花前叶后不知骚。
自古却多诗词赞，唯尔得宠傲且飘。
羞怕春来百花艳，更惧夏至俏也凋。
同是花木该相惜，何裸干枝佯弄娇。
劝君卑躬青眼看，姹紫嫣红正花潮。

铁凝印象

初识铁凝，是在一九八〇年五月，河北省作协第一次代表大会上。当时她二十多岁，蓄着一头乌黑齐耳短发，行走匆匆，笑声朗朗。记得有一次我们保定籍的作家同桌用餐，我问她：“小老乡，你是姓铁吗？”她咯咯笑着不语，眼神里藏着几许狡狯。

后来我才知道，她本姓屈，父亲作画署名“铁扬”，她们姐妹就跟着姓起铁来。铁凝出自一个艺术家庭，父亲是著名画家，母亲是音乐教师。浓郁的艺术氛围熏陶了铁凝，为她日后的文学创作打下了坚实的基础。

铁凝不但小说、散文写得好，人也长得清秀俊美。全国四次作家代表会期间，作协组织过一场晚会，女作家张辛欣大喊：“铁凝，铁凝，女作家里属你长得漂亮，你该上场。”

的确，铁凝长得不高不矮，不胖不瘦，两腿修长，走起路来矫健轻快，如果用最简练的语言形容她的体态，那就是“挺拔”二字。她面部线条清晰，浓眉大眼，炯炯有神，不论什么时候都是精精神神、清清爽爽。

铁凝爱说爱笑，不是腼腆型的女性，但也不像麻雀一样叽叽喳喳，吵起来没完没了。有一次，一位老作家和她逗笑，说了一个嘲笑保定人的笑话：有个保定老乡到北京串亲，坐公共汽车时，车门把他夹住了。老乡大叫：“夹住俺腚了！夹住俺腚了！”售票员问：“怎么啦？”——“夹住俺腚了！”售票员说：“北京不叫腚。”“叫什么？”“叫屁股！”“哦，我懂了。”“老大爷，您到哪去？”“安屁股门！（即安定门）”

铁凝听完大笑，还给续了一段：“车开了，车上人多，车门被挤开了，老乡被挤下车了——哦，自动的。”铁凝很有幽默感，这在女作家里是比较少见的。

铁凝身为河北作协主席，成了大家，但仍平易近人，待人善诚。每次去省城，见了面，她都笑嘻嘻地打招呼。一九九七年，我去省作协参加晋职答辩。大学中文系教授们出的一些题都很冷僻怪诞。获得“夏衍电影文学奖”的邯郸剧作家张良抓了这样一个题目：“南非‘爆炸文学’的作家代表是谁？主要代表作是什么？”他说：“我写电影靠的是生活和艺术，对外国文学不清楚。”铁凝咯咯笑着不语。可巧，那天我也面对的是这个题目，我胡诌一番，还真蒙对了。其实，我也是一窍不通，只是前天晚上，我和廊坊师专苗雨时教授同居一室，聊天所及，我有所印象。铁凝当即笑着说：“你是写报告文学的，咋还研究起外国文学啦！”事后，诗人刘章告诉我：“铁凝说，以后不要出这样的题难为作家们了，这些冷题、冷门，即使是大学教授，也不一定答得上！”可见铁凝的心地多么善诚。

铁凝写的作品很多，我只读过一部分。就印象而言，她的小说可分两类：一类是清新秀润的，像《哦，香雪》；一类是社会性较强的，像《玫瑰门》，下笔老辣，惊心动魄。有人说这似乎不是铁凝的风格，其实女作家也不一定总写“女郎诗”，带有粗犷的男子气，又何尝不好！

二○○六年底，铁凝当选中国作协主席。不久，她来唐参加报告文学《曹妃甸》研讨会。当我从《直播五十分》得知消息，已近午夜。我请唐山宾馆总机接通了铁凝住室，她正在赶写一篇学习总书记讲话的体会文章。我告之姓名，并向她祝贺。她说：“我记得你，唐山报告文学作家，咱们还是保定老乡呢！”

我问她日程安排，她说：“上午去了曹妃甸，下午开的研讨会，明晨六点回北京。因为来去匆匆，无暇与唐山的老作家们见面，请代我问好！”

是夜，我写下一首小诗：忆昔当年笑谈声，不识当年小铁凝。正挥作家七千者，领军文坛唱大风。

难忘昨宵不是梦

不久前的一个傍晚，我去华岩园漫步。刚进公园大门，一阵阵铿锵的锣鼓声和清脆悦耳的京胡声传入我的耳际。

循声走去，只见葱郁的藤萝架下围满了黑压压的人群，爬满藤萝花的几根水泥柱上，悬挂着“纪念唐山抗震 40 周年京剧票友演唱会”的大红横幅，几只耀眼的大灯泡把周围照得通明。

我是个京剧迷，尤喜程派唱腔。我挤进人群中正赶上报幕：“下面由路北法院田小宝演唱《锁麟囊》。”

啊！小宝，他是田小宝！

我惊喜地叫起来，喉头一阵哽咽，激动的泪水迷住了眼睛。四十年前那令人不堪回首、难以忘怀的惨烈一幕，又浮现在我的眼前。

那个悲痛的日子虽然逝去了四十个年头，但作为大难不死的我，每每忆及却恍若昨天。这倒不是那场灾难给我造成了多么大的心灵创伤，而是凌晨那一瞬到来之前、到来之时、到来之后所经历的事情和扒救田小宝的过程，令人永生难忘。

7 月 27 日晚饭后，人们都在唐山劳动报社小楼前纳凉聊天，妻子哄着朝朝早早地睡下了。和往常一样，我躺在床上仍然以书为伴，这是我多年养成的习惯，一年三百六十五天，没有书催眠我是睡不着的。记得，那天晚上我先是翻看了最近几期的《学习与批判》和列宁的《论星期六义务劳动》等时下走红的书刊。待我把床头的书翻遍，还是不能入睡，又顺手拿起一本唐山地区科委散发的《地震知识》小册子。按说，对于这种普及科学知识的小玩意，我是不屑一顾的，因为我是气象科班出身，搞过十三年天气预报，还从事过几年地震测报。应该说，地震的一般常识我是了如指掌的，就在不久前，我还曾为河北大学地理系来唐山实习的同学讲过有关的课程呢。可此时，不知中了什么邪，对这本几乎能倒背如流的小册子却津津乐道起来。我像小学生阅读小人书那样，从头至尾地翻看着。

夏日的凌晨，该是睡眠的黄金时间，劳累了一天的人们都睡熟了，整个煤城格外寂静，只有妻子轻轻的鼾声像催眠曲一样响在耳边。我仍然没有一丝睡意，继续翻看着这本小册子。

这时，妻醒来看了看枕边的表说："都三点多了，咋还不睡?"我没作声，因为小册子里摘自清乾隆《三河县志》的一段文字正深深地吸引着我：

> 康熙十八年七月二十八日，巳时初刻京师地震，自西北起，飞沙扬尘，黑气障空，不见天日，人如坐波浪中，莫不倾跌。未几，四野声如雳雳，鸟兽惊窜。是夜连震三次，平地坼开数丈，德胜门下裂一大沟，水如泉涌，官民伤亡不可胜记……积尸如山，莫可辨识。通州城房屋坍塌更甚，空中有火光，四面焚烧，哭声震天。涿州、良乡等处街道震裂，黑水涌出，高三四尺；山海关、三河地方地沉为河。环绕帝都连震一月，举朝皆惊。

我正认真地读着，妻又一次催促我说："快睡吧，你不是明天还要去昌滦乐检查防汛嘛!"她一边说着，顺势翻身抱起小儿子把尿。

就在她抱起朝朝的一刹那，突然，窗外闪过一道照亮整个夜空的蓝光，天空訇然一声骤响，大地剧烈地一颤，屋顶天花板的泥土哗哗往下掉。妻吓得双手一松，“咕咚”一声儿子砸在了尿盆里。朝朝“哇”的一声哭了，我一个鲤鱼打挺蹦起来，猛喊一声：“地震了！”——我至今记得，那喊声是那么大，那么响，倘若没有房倒屋塌的喧嚣，那声喝叫是足能震醒整个楼里的人们的！

妻惊吓得不知所措，叫道：“你快去开门吧！”我一把拽起尿盆里的儿子大声说：“不能下炕，快往窗前跑！”我知道，地震时空气压力太大，屋门是很难打开的。

我非常清楚地记得，在那一道蓝光之后，周围是一片惊慌的哭叫，天地一声骤响过后，整个城市死一般寂静。少顷，四面八方又是一片撕心裂肺的哭喊声。

我催促妻子赶快破窗而逃。她抱着儿子惊叫：“我还没穿长裤呢！”我顾不得解释，一把夺过朝朝挟在右臂下，骂道：“你还要什么脸面，光着屁股也得跑！”此刻，潜意识告诉我，早一秒钟就能保住性命，晚一秒钟就可能丧生（我这个决断被后来的事实证明是非常明智的。几天后，有些被扒出来的女人们，仍保持着当时死去的姿态——双手正提着长裤，长裤刚提到臀边。可惜，为了穿一条裤子，贻误了逃命的时机）。

我挟着朝朝，拉着妻子刚刚跨到南窗边，忽听背后一声巨响，原来是临门的墙壁向炕边倒来。好险！如果依了妻子下炕开门，恐怕早被砸成肉泥烂酱！

在房倒屋塌、一片嚎叫声中，我飞起一脚向玻璃窗踹去。“哗啦”一声，玻璃被踹碎了，但参差不齐的玻璃窗钻不过身子，欲进不能，欲退无路，我急得满头大汗。此刻，大地又是一阵剧烈摇晃，西墙山和窗框之间被震裂一道尺余宽的缝子，我们一家三口从夹缝中钻出，站到了外窗台上。

窗台下三尺宽的过道外，是一间盛柴煤杂物的小屋，小屋砖石砌墙，焦子打顶，分外坚固。就在我从窗台要往下跳的刹那，小屋“嗯”地坍塌，烂石碎砖正好与窗台齐高，恰恰为我们铺平了逃生的道路。我急忙踏上小屋的废墟，刚要迈步，身后的南墙和玻璃窗又“咕咚”一声向屋里倒去！

我暗暗庆幸：倘若晚一秒钟钻出屋来，就会被南墙砸在里边，早一秒钟跳下窗台，也会被窗外的小屋砸个稀烂！我不知这是天意还是偶然！

我长吁了一口气，携妻挟子往外猛跑。那狼狈相是可想而知的。当我们一家三口来到楼前新华大道时，宽广的马路上空空旷旷，路边水泥杆下只有两个人影晃动。

莫看我用了诸多笔墨叙述地震的全过程，其实，从那一道蓝光闪过到我脱离险境，最多也不过三五秒钟。在这三五秒钟时光里，我头脑清醒，遇惊不慌，果敢决断，应变机灵，至今回忆起来都是超常的。

在震后的日子里——不，应该说是在震后四十年中，我常常苦思冥想：那个大震前夕的夜晚，我为何偏偏翻阅那本几乎能背得烂熟的地震知识小册子？那道瘆人的蓝光横空突闪的前几秒钟，我又为何正读到《(乾隆) 三河县志》上那段关于地震的描述？而县志所云“康熙十八年七月二十八日”京师地震，又为何恰与三百年后唐山大地震的日期是如此惊人的吻合？

是偶然，还是巧合？是天人感应，还是神经先觉？这一切一切，都成了我毕生萦绕脑际的迷惑！

夏日 4 点多钟，天已大亮。举目四望，我看到的再不是那座朝气蓬勃的唐山城，昨日那一座座轰鸣的工厂，一排排耸立的楼房，都随着那道瘆人的蓝光变成了废墟，而废墟下有多少人在重压下挣扎，有多少人在痛苦中呻吟……我不敢去想。此刻，我心中只有一个神圣的念头：党中央、毛主席快派亲人解放军来解救唐山人民吧！

怀着同样企盼心情的当然不止我一个。此时，报社传达室老李头正坐在废墟上号啕大哭：“老天爷啊，我可活不了啦……毛主席啊，快来救我们吧……”那嘶哑的哭声宛若在人们受伤的心头又扎了一刀，引起了连锁反应，顿时，哭喊声一片。

大约 5 点钟光景，马路上的人渐渐多起来。死里逃生的人们，不论男女老少，大多裸露着身体；我当时穿着裤头背心算是雅观的，东邻报社政教组的老田兄刚跑出来赤条条一丝不挂，后来找条床单一裹，权当遮羞的衣物。也难怪，在这种危难时刻，人们保命要紧，哪里还顾什么脸面羞耻！

我踽踽地走回新华道时，大约 6 点钟光景。此时，妻子正抱着朝朝喂奶。干瘪的乳房没有一点奶水，孩子饿得哇哇直哭。不知是谁从果园弄回些蔬菜，我要了一个核桃大小的茄子包，妻子一口一口地嚼碎喂他，才止住哭声。

7 月 28 日的早晨是个混乱的早晨，麻木的早晨。死里逃生、惊魂未定的人们两眼呆滞，不知如何是好。当太阳升起老高的时候，人们才开始走向废墟，解救遇难亲人。

这时我也想起路南马家村岳丈全家，那里有我六岁的长子；还有开平的二哥全家，刚从保定来唐的老母亲正住在那里。这两家十一口是否都安全脱险？六十多岁的老妈可安然无恙？我正这样想着，妻说："你也到孩子姥爷家看看去吧！"我点点头，迈步向东走去。

我刚走出十几步远，东邻田大嫂穿着一条花裤衩疯一般追上来，她一边跑一边哭喊："大兄弟啊，你快去救小宝吧，他还压在楼下呢！"撕心裂肺般的哭叫令我停住了双脚。怎么办？去岳丈家吧，田大嫂那企求的目光正巴巴地望着我，去救小宝吧，岳丈和二哥全家还不知死活……

我不好征求妻子的意见，狠了狠心跟田大嫂去了。

小宝是老田夫妇的老儿子，当时十来岁，被视若掌上明珠。老田夫妇和小宝的两个姐姐住南面的屋子，他独自住在楼道北边的屋里。小宝能活命吗？我一边走一边想。

当我来到废墟上时，老田正束手无策垂手而立。他见了我，像在荒漠找到了一眼清泉，激动不已。我俩开始用双手扒着废墟。两层楼的碎砖烂瓦靠我们赤手空拳，简直是蚂蚁啃骨头。我的指甲被磨秃了，手指肚被抠破了，一双赤脚也被玻璃、钉子扎了七八个洞，污垢弥进伤口疼痛难忍。

我想找一双鞋子穿上，便向一旁走去。田大嫂一把拉住说："大兄弟，你可千万别走哇。"我说："我不走，我想找双鞋穿。"她这才放了心。我在废墟上兜了几个圈，找到一双棉手套，套在脚上，用布条一系，又和老田扒起来。扒着扒着，我的手突然触摸到热乎乎的身体，我疾呼老田过来。当我俩把她抬出来时，只见她鼻孔、嘴边冒着血水，已经停止了呼吸。老田告诉我，她是报社食堂的炊事员，叫什么名字已经记不得了。我用一条床单盖在她裸露的身躯上，又继续扒着小宝。我们紧张地扒着，顾不得夏日高温酷暑，顾不得身上汗水横流。

大约 11 点钟光景，我们抠出了一个一尺方圆的洞口，终于找到了小宝。此时，小宝被废墟挤压得动弹不得，蜷曲着身子，哭叫不止。这哭声对于老田夫妇好似旱地惊雷、春天喜雨，令他们欣喜若狂。田大嫂在废墟上跳起来："小宝还活着，小宝还活着！"

惊喜之余，我们却面临着更大的难题。小小洞口的四周全是钢筋木架，想搬搬不动，想断无工具，洞口中间还横着一根铁条，要从这个洞口把小宝救出来，真是难上难。老田兄找来一根木棍伸进洞里，想把里面的空间扩大一些，刚一撬动，小宝疼得惨叫不止。老田兄停下来说："是死是活听天由命吧，咱就从这个小洞把他拽出来吧!"我和老田兄一左一右，把住小宝的脖颈，拼力地往上拽着，小宝的头刚一到洞口，便被铁条卡住。老田兄狠了狠心说："拽!"

在小宝的惨叫声中，我们咬着牙拼力地拽着。人是救出来了，但他的头皮被铁条刮掉了一大块，鲜血扑扑直流。此刻我的妻子急急赶来，好在她是位医生，紧急为小宝进行了包扎。

小宝的得救，使老田夫妇非常高兴。老田兄指着小宝说："你小子能够活命，多亏了你孟叔，他可是你的救命恩人啊!"我说："小宝被压了十来个小时，胳膊腿都没伤着，这是不幸之中的大幸啊!"

说来也怪，在那种非常时期，在高温酷暑中，抢救了半天小宝，四五个小时滴水未沾，粒米未进，竟也觉不出干渴，觉不出饥饿，觉不出劳顿。在救出小宝之后，我冒着烈日，拄着棍子一瘸一拐地才向路南马家村岳丈家走去。

7月28日夜间，我是在报社北院溜达到天明的。29日早晨，我正准备去地委机关，忽听有人大声呼叫我的名字。抬头一看，原来是乐亭县蔡各庄的支部书记王文田，在他身后还有几十名年轻力壮的小伙子。我激动不已，踉跄着扑上前去。

蔡各庄是我跟随唐山地委第二书记刘琦蹲点的地方，在那里的一年中，我和乡亲们一起战天斗地，摸爬滚打，相处甚好，结下了深厚的感情。王文田告诉我，乡亲们一听说唐山发生了大地震，都急得不行，揪着心惦念着我们的安危。他组织了几十名基干民兵，扛着撬棍、榔头，步行一百余里赶到唐山，来扒救我们曾在蔡各庄工作的同志。

我听了喉头一阵发紧，一句话也说不出来。当他得知我全家安然无恙时，二话没说，指挥着基干民兵扒起压在废墟下的衣物来。几十名小伙子抡锹挥镐，很快就扒出了我仅有的全部家当——两只盛衣物的木箱。

当他们离去的时候，我没有说一句客气话，没有道一声感谢语，我握着一双双带茧的手，望着他们匆匆而去的身影，又一次止不住地流着热泪……

地震无情人有情。在震后的几年中，差不多每年的正月初三或初四，老田兄总是带着小宝走上门来给我拜年，而且见了面一再重复着那几句发自肺腑的话："到啥时也不能忘了，孟叔是你的救命恩人。"我说："老田兄，这点事难道还要记一辈子。"老田兄说："当然，别说记一辈子，就是记八辈子也应该。毛主席的《愚公移山》里不是有这么几句话嘛，'我死了以后有我的儿子，儿子死了，又有孙子，子子孙孙是没有穷尽的。'我们中国有句古语，叫作'滴水之恩，当涌泉相报'。佛家也有句名言'救人一命，胜造七级浮屠'。别说记一辈子，就是记八辈子也应该。"我们在举杯中哈哈大笑！

四十年过去了，没想到今天在华岩园和小宝重逢。此刻他正全神贯注地演唱着《锁麟囊》：

这都是神话凭空造，自把珠玉夸富豪。
麟儿哪有神送到，积德才生玉树苗。
小小囊儿何足道，救她饥渴胜琼瑶。
这才是人生难预料，不想团圆在今朝。
回首繁华如梦渺，残生一线付惊涛。
柳暗花明休啼笑，善果金花可自豪。
种福得福如此报，愧我当初赠木桃。

一曲下来，掌声四起，人们连连叫好。此刻，我也被他那委婉缠绵、余音缭绕、托腔俏美、韵味十足的程派唱腔所陶醉，而且对那段漂亮的唱词有了另一种人生感悟：大灾大难何所惧，人间真情生千金。不论在任何环境，任何时候，都要保持内心的真善美……

沈　云

沈云，字喻晓，男，1946 年生，雄安新区雄县雄州镇人。河北省诗词学会会员，河北省作家协会会员，中国乡土诗人协会会员，中国诗歌学会会员，中华诗词学会会员。

历任小学教师，县委宣传干事，公社革委会副主任、主任，乡党委副书记、书记，县民政局局长兼党总支书记等职。多年坚持写作，1964 年开始发表诗作，先后在《诗刊》《中华诗词》《词刊》《河北文学》《诗词月刊》《诗潮》《中华风》《乡土诗人》《长白山诗词》《新国风》等刊物发表诗词、散文、歌词等一千二百余首（篇）。著有诗集《乡村情韵》《云声集》《沈云诗词》《百读刘章》等。

在全国及省诗词大赛中曾获一、二、三等奖及优秀奖十余次，部分作品连续三年（2007、2008、2009）入选《中国诗词年鉴》。另外，他的诗歌作品入选《中国当代诗人作品选》《中国诗人大辞典》《百家诗选》等图书。

作品选读：

登蓬莱阁

丹壁悬崖锦帐开，东风送客上蓬莱。

珠帘卷雨随心落，画栋飞虹信手裁。
门辟九霄云涌去，窗迎千鸟浪飞来。
今逢盛世沧桑变，且寄幽情写壮怀。

村头酒馆

村头酒馆几擎瓯，三五闲翁饮不休。
忆昔锅盆穷掉底，论今碗筷富流油。
漫夸孝子循规矩，调侃贤孙任自由。
日近黄昏人半醉，劝归儿女苦相求。

读宋忠臣《白洋淀故事》有感

逸史钩沉笔拾零，人生百味墨包容。
无声春雨播新意，有泪芦花忆旧情。
妙趣笑弯天上月，奇文惊落淀边星。
三餐忘饮温泉酒，却醉书香到五更。

钟祥年会诗草

钟祥年会远相邀，诗国犹堪继楚骚。
饱蘸沧浪知笔重，醉擎樽酒识天骄。
豪情化作千山韵，佳句纷飞四海涛。
几许书生腾热血，吟风再涨汉江潮。

望莫愁塑像有作

情自沉沉史自悠，一腔忧恨漫江流。
和风绕指犹倾诉，细雨牵云若舞绸。
佳丽含悲传心曲，襄王作孽锁珠喉。
感伤我怕肝肠断，不敢吟诗唱莫愁。

览白帝城

暮临白帝觅仙踪，更识群贤厚重情。
注目文臣人侧耳，凝神武将剑忽鸣。
恍闻仪政传尘外，犹见托孤惊梦中。
江浪未消忠与义，奔流千载水朝东。

屈原故里行

沿江一路访文贤，船过先哲故里前。
山举剑锋扬正气，水拍崖壁荡诗澜。
阴云垂泪思才俊，峡谷回涛溯词源。
欲把离骚三叹咏，再吟橘颂问苍天。

三峡吟

三峡倾怀雅兴高，引吭感咏笔逍遥。

山光水色眼前过，画意诗情纸上抛。
万顷烟波承思绪，一江神韵荡心潮。
巨龙横卧风云际，气壮山河分外娇。

读毛主席诗词

武略文韬第一人，诗词歌赋盖同伦。
原驰蜡象惊天地，剑斩昆仑泣鬼神。
立意雄浑赢李杜，抒怀坦荡胜屈辛。
擒龙伏虎皆成韵，震撼三江五岳魂。

宋忠臣

宋忠臣，男，1946年生，雄安新区雄县人。中共党员，中国报告文学学会会员，中国纪实文学学会会员，中华诗词学会会员，保定市作家协会会员，《雄县志》副主编。

宋忠臣原本只有小学学历，任民办教师期间自修初中、高中课程。1980年考入定州师范进修学校，两年后取得中师学历。历任小学教师、中学教师、小学校长、中学校长。退休后开始写作，著有散文集《白洋淀的故事》《雄县民间文学》等，并在各类报刊发表作品几十篇。

参加工作后因自感文化底子薄，迟迟未敢动笔写作。2007年，他应县文联之邀参与编写《雄县民间文学》。在这个过程中，他写了一些故事，有了文学的自信。从事写作是宋忠臣人生的一大转折，自此，他的生活情趣、精神面貌、思维方式都发生了很大的变化，退休生活变得很充实。

2017年，他参加“雄安记忆摄制组”，到各村采访，记录新区的发展变化。

作品选读：

雄安新区赋（节选）

雄安之美，美在多脉秀水。九河西下太行，群峰呈秀；百淀东归大海，遍野芳菲。丹江南涌清流，千家点赞；地热北国瑰宝，万户增辉。更有那，白马古隐矿泉，堪称世界之最！五水汇雄安，八方献祥瑞！

雄安之雄，贵在人杰地灵。荆轲仗剑，于此辞行，未竟屠龙之志，长留慷慨遗风。五代后周，国主柴荣，御驾亲征伐辽，边关建霸置雄。何承矩缘边治水，惠古惠今。李允则关外罗城，且智且勇。杨六郎三关抗辽，容三贤百代长青。抗日战场，众志成城。狼牙壮士，水上雁翎，舍生忘死堡垒户，前仆后继子弟兵。冀中抗日根据地，米北陵园将军情。慷慨精神千古颂，助我雄安万里程！赞“一带一路”，圆中国梦，展雄韬雄略，中华复兴！中华复兴!!!

回赠沈云弟

感君赐句我涕零，自愧才疏无地容。
借弟一丝灵感气，燃兄万丈慨慷情。
学诗仰拜南天月，步韵尊参北斗星。
辞赋新章增旧谊，竹凭老节吐冬青。

苇莺·杜鹃

春夏之交，进入大淀，风和日丽，暖日融融，微风习习，水波荡漾，是那样的清新惬意。芦苇丛中，苇叶飒飒，呱呱鸡喧喧闹闹的叫声，已让人心旷神怡，再加上声声布谷鸟叫，更叫人感到大自然的和谐美好！

殊不知这和谐的背后，正发生着一场场“战争”。

呱呱鸡学名苇莺，是一种可爱的水鸟，非常灵巧。每到立夏后，它们就忙着在苇丛里搭窝。它们把三根芦苇拢在一起，用细草绑成一个稳定的三角支架，然后在支架上做窝。它们大概学过数学，懂得三角稳定的科学原理。窝用软软的细草铺成，做得非常精巧，像个仰放的窝头。

这可爱的小生灵，还有着超凡的本领，它们能预测洪水的大小，洪水大的年份窝搭得高，反之，窝搭得低。

呱呱鸡辛辛苦苦把窝搭好了，准备产卵了，来了不速之客——布谷鸟。

布谷鸟又叫杜鹃，每到播种季节昼夜叫个不停，催促人们快快播种。按说它们应该很勤快，其实不然。布谷鸟懒得出奇，懒到从来不自己搭窝，总把蛋下在别人窝里。它们算得上“最不负责任的母亲”。

布谷鸟稍一靠近呱呱鸡窝，呱呱鸡立即发出警告：“走开些！躲远点儿!”布谷鸟磨蹭着不走，又招来了一片咒骂声：“懒老婆，懒死你！懒老婆，懒死你!”“不害臊！不要脸!”布谷鸟还是赖着不走，于是遭到呱呱鸡的群起围攻。可怜布谷鸟“身怀六甲”，挺着个大肚子，既受到骂，还遭到人身攻击，只好叫着“我苦！我苦!”飞走了。

布谷鸟肚里的蛋，总不能憋回去，总得下了哇！它要对自己的孩子“负责任”，不能下在荒滩草地上，让其他动物吃掉，它要为孩子安排个好去处，慢慢寻找机会吧。

功夫不负有心人，机会终于来了。瞅见某对呱呱鸡不在，布谷鸟飞快地跳进呱呱鸡的窝里“卜几儿”把蛋下了，马上逃离。

呱呱鸡是刀子嘴豆腐心，别看对布谷鸟不客气，对它的孩子还是蛮不错的。望着自家窝里别人的孩子，它是疼爱有加，细心呵护，连同自己的孩子一样小心翼翼地孵着。

一天、两天……终于小呱呱鸡和小布谷鸟都破壳而出。大呱呱鸡高兴地跳着、叫着，忙忙碌碌地四处打食，辛辛苦苦地喂自己家的孩子，也辛辛苦苦地喂别人家的孩子。

一个窝里，小呱呱鸡和小布谷鸟共同成长着，长绒毛了，扎老翎儿了，长翅膀了，出飞儿了……苇丛里又多了些和谐的叫声。

小小的精灵，伟大的母爱!

陈克新

陈克新，男，1948 年生，雄安新区雄县昝岗镇王马浒村人。

1963 年至 1966 年在河北省保定市第一中学就读高中，1969 年被分配到国营保定化学纤维联合厂工作，1988 年 5 月调回雄县广播电视局从事新闻工作。

陈克新于 20 世纪 70 年代写过一部三十万字的长篇小说，不过未能出版。1982 年至 1985 年期间曾在《保定日报》《中国纺织报》《莲池》《小说创作》《三月三》上发表过小说七篇。1985 年参加河北省纺织职工思想政治工作研究会，并参与编辑出版职工文学作品专辑一本。小说《听房》获 1985 年保定市作协三等奖；《魂兮归来》1985 年 1 月 10 日发表于《保定日报》，获 1986 年保定市作协小说奖。

1988 年至 2003 年基本停止了文学创作，此后又“重操旧业”。2005 年前后，先后在《保定日报》《女子世界》《保定风纪》《河北法制报》《保定晚报》等报刊发表反映雄县先进人物、知名书法人士、致富带头人的报告文学及大案侦破纪实作品十余篇。2015 年至 2017 年在《唐山文学》《中山》上各发表两篇小说。

作品选读：

竞折腰（节选）

一

彭森从一个山区县的县长升任为一个平原县的县委书记后，仍然坚持遛早的习惯，一为锻炼身体，二来是想通过耳闻目睹了解一些民生民意。昨天的一场大雨使县城几可行船，今天一早，街上仍有片片积水。他顺芙蓉大道北行，随身携带的一个微型收音机里正播放着豫剧《朝阳沟》里银环的唱段："我小步跑来大步走，恨不能一步离开朝阳沟，走一道岭来翻一道沟，山水依旧气爽风柔……"北行不远，只见一个人在路边正坐在小凳子上鼓捣什么，他走近一看，原来是位八十来岁的老者正用铁钩子和小铲子仔细地剔除下水道铁篦子缝隙里塞满的泥土。他心中一震，尊敬地问道："老人家，你这是在做好事啊？"老人抬头望了望这位运动员打扮的年轻人，虽然漫不经心，但却有些自豪地说："反正不是坏事吧？"彭森又问："泄水不畅与这塞满了的泥土有关系吧？"老人说："当然有啊。"说着，他立即起身用铁钩子往上一拽那铁篦子，对彭森说："你看看，不光是上边，下边也堵死了。"彭森俯身一看，可不，下边只有茶杯大小一个窟窿。他帮老人把铁篦子盖好，又问道："这事没人管吗？"老人说："有哇。"他回身一指树上挂着的一条红底黄字横幅——"美丽城市人民建，美丽城市人民管"，"'人民'管哪，"他慨叹了一声，"说得多好听啊，我专门把这条大街上的下水道做过调查，好多都是这样子，可究竟有哪个'人民'出来管过呢？"彭森立即说："您老不就是一个吗？"老人说："我是实在看不下去了。"彭森深有感触地说："人民也必须有人组织才行啊。"稍停，他推起老人身边的车子，要过他手里的铁钩子说："耽误您老一会儿，我去看看。"他顺路东侧北行几百米，扒开几个铁篦子看了看，返回时又顺路西侧走，扒开几个看了看，果然如老人所说，上上下下堵死的还真不少……

关南靠冀中大湖白洋淀，濒临拒马河，西连保州，北望幽州，河湖相连，水陆交通便利，地理位置非常重要。因此，辽国争夺的重点也是瓦桥关。

后周是五代时期的最后一个王朝，第二任皇帝周世宗柴荣是一个颇有作为的帝王。吞并南唐，统一南北，是柴荣的梦想。现在，南唐已把长江以北的土地拱手相让，再要进攻就要跨越长江天险，他觉得没有必胜的把握，于是，把目光转向了北方。

从石敬瑭割让燕云十六州开始，至今已过去了二十年的时间。夺回燕云十六州，一直是周世宗的宏伟志向。周世宗即位之初，曾有人建议疏浚胡卢河，修筑屯戍点，驻兵防守以抵御契丹的入侵。但他认为，这是治标不治本的下策，要彻底解决边境威胁，最好的办法就是集中兵力北伐，夺回燕云十六州。

北汉刘钧蜗居在太原，对后周不理不睬；北方的辽国，还在继续替北汉撑腰，他们今天跑来放一箭，明天跑来扔块石头，经常做一些偷鸡摸狗的事，弄得边境不得安宁。所以中原王朝从后周世宗柴荣起，就开始了与辽国争夺燕云十六州的战争。

柴荣决定御驾亲征，先伐辽邦，收复被契丹人占领的燕云十六州，釜底抽薪，断北汉之援，然后挥得胜之师，一举扫平北汉。

显德六年（959年）三月，柴荣开始行动了，但打仗要有战将，否则这个仗就没法打。柴荣第一个想到的就是赵匡胤。927年，赵匡胤生于洛阳夹马营的一个军人家庭。相传，伴随着婴儿的出生，“赤光绕室，异香经宿不散，体有金色，三月不变”。赵匡胤出生于军人世家，爱好骑射和练武，并练出一身的好武艺，自创太祖长拳。同时少年的赵匡胤也爱读书，有很好的文化基础。二十一岁的赵匡胤离家去闯荡时已经结婚生子。他在外闯荡了两年，几次求职碰壁，没办法只有回家想出路了。虽然当时的赵匡胤很落魄，但俗话说得好，读万卷书，不如行万里路。闯荡这两年，他看清了这个世界，同时也看到了人民的疾苦，也明白该怎么做，自己和家人才能在这个世界上生存。

他在回家的路上从军了，做了郭子仪（后周太祖）的亲兵。此时的赵匡胤不再浑浑噩噩，他成熟了，开始崭露头角。随后他得到了当时开封府尹柴荣的赏识，成了柴荣的部属。

赵匡胤是一个能征善战之人，他曾跟随周世宗征南扫北，六次立下战功，此时因父亲过世，丁忧在家。

世宗柴荣要出兵打仗，不能没有赵匡胤，于是，他下了一道圣旨，命令赵匡胤随军出征。于是赵匡胤起复，被召入朝随军出征。

周军这次北伐，分水陆两路北进。柴荣命韩通为陆路统兵大元帅，赵匡胤为水路统兵大元帅，大军从汴梁出发，各路兵马先到沧州会合。柴荣随水军，乘龙舟由水路北上。赵匡胤率领水军，乘战船，顺风顺水，一路前行，沿途穿过大名、瀛洲，直达北辽。他们攻打的第一个目标是宁州。

北方州县，自石敬瑭割让给辽邦后，已多年不见兵革，加上辽主荒淫无道，不理朝政，各州城的守将因而更加稀松，没有一个真心守卫城堡的，突然见到大队周兵到来，个个心慌。宁州刺史王洪接到周兵来犯的情报，正准备派人向辽主请求救兵，谁知送信的人还没有派出去，周兵已经打到了护城河。赵匡胤率领五千水师包围了宁州。当时驻守宁州的三千辽军在萧德利的率领下出城攻击，但是三千骑兵根本不是周军的对手。周军勇猛异常，一仗下来，愣是被赵匡胤率领的水兵全部歼灭。王洪据守空城，手下没有兵，孤家寡人一个，怎么能够与赵匡胤率领的虎狼之师相对抗？

投降，是条活路；顽抗，死路一条。关键时刻王洪要进行抉择，当然要选择走活路，谁愿意自寻死路呢？于是他开城投降了。宁州城门大开，王洪领着城中文武官员在城外整齐地列队迎接。很快，赵匡胤就率领大兵来到了宁州城下，与王洪稍作交谈后立即接手宁州城门防务。三月十七日，柴荣对弃暗投明的王洪表示了赞赏，勉励他继续为王师北伐竭心尽力，取得更大更多的成绩。王洪当然是狠狠地表示了一番忠心，宣誓自己效忠大周，一定会为后周河山而奋斗终生。

三月二十日，柴荣下令调整舰队部属，命令水陆两军齐头并进，韩通作为陆路都部署在旱路进发，赵匡胤为水路都部署。此时周军水军主力已经陆续抵达宁州，舰船规模之大，前后相连足足长达几十里。

三月二十二日，赵匡胤率领水军离开宁州，沿着河水的流向，继续北上。此时朔方各州县都已听说周朝大军北伐之事，附近许多心向周朝的郡县立即易帜，而剩下的州县也开始反思自己投向辽国的举动，立场变得举棋不定。在这种情况下，赵匡胤的水军几乎未受到任何有力的阻击，顺利抵达益津关附近。

佟廷辉不由得皱紧了眉头，这耶律斯沃虽然只带了一营兵马入城，却并不安稳，经常偷偷拉拢一下益津关的底层军官，自己今天刚刚与王洪会面，就有人向他通风报信，这让习惯于掌控益津关全局的佟廷辉不由得产生了警惕，也有了一丝不安与愤怒。而且耶律斯沃虽说是当面质问王洪，听他话里的意思，却是在怀疑自己，实在是嚣张跋扈！

王洪也看出了佟廷辉的不悦，他将习惯性弯下的腰伸得笔直，甚至头都有些后仰的样子，笑着对佟廷辉问道："这就是佟大人铁桶一样的益津关，我怎么看着这耶律斯沃更像是主人呢！"

佟廷辉还没有说话，耶律斯沃却冷笑着说道："佟大人身为我大辽国的守将，自然不会与你这样的叛逆说话，至于这益津关，我身为萧大人派来的副将，自然能顶半边天！王洪王大人，你还是别关心这些事情，好好考虑下你的下场吧！是被斩首示众，还是被绞死，就全看我耶律斯沃的心情！"

佟廷辉又皱了下眉头，沉声说道："两国交战不斩来使，何况这益津关乃是我的地盘，我有权利全权做主。耶律将军，你有工夫在这里闲逛，还是去北门那边催催信使吧！"

耶律斯沃冷哼一声，压低声音说道："你不要忘了，你是我大辽的守将，不要勾结敌人。益津关乃是我大辽的国土！我大辽披甲之士数十万，你可得给我想清楚！"

他留下一句威胁的话，大踏步离开，从始至终，都没有向佟廷辉行礼。

见耶律斯沃离开，王洪笑着说道："佟将军，看来这耶律斯沃并不好打交道，现在他没兵没权尚且敢如此与你会面，等到辽军到来之际，你难道还能保住这益津关守将的位置？这益津关本是咱们中原汉人的地盘，你我又都是中原汉人，从前咱们被形势所逼，不得已投向辽国。可现在周军大举北伐，咱们终于也有了选择的权利，终于有机会回乡祭祖，这可是难得的好事！你何必这般迟疑，何苦要受那辽贼的闷气？"

话说到这里，佟廷辉也有些个心动。王洪趁热打铁，对他说道："现在大军北伐，正缺少你这样通晓军事的人才。我王洪就这么点本事，尚能够得到后周皇帝的嘉赏，得到水路都部署赵匡胤将军的重用，如果您弃暗投明，选择大周，那日后的成就，定然远超于我！现在幽燕将平，各地州郡都缺少主管官员，咱们的机会甚大，就看能不能把握住了！”

佟廷辉情不自禁地点了点头，正要答应王洪的劝降，这时突然有名亲兵急匆匆跑了进来，顾不得行礼就对佟廷辉急声说道：“将军，大事不好，耶律斯沃率领本部五百人马强占了北门城楼，说是信不过将军的操守，要防患于未然呢！”

佟廷辉猛地站了起来，怒声说道：“这个耶律斯沃，实在是岂有此理！王大人在此稍后，等我将他擒下，再与王大人一道，前去拜访赵匡胤将军。”

王洪微微一笑，摇了摇头，对佟廷辉笑着说道：“将军不必着急，这耶律斯沃既然找死，大周就会让他如意！现在已是巳时，将军，你听！”

益津关下的周军舰队，所有的投石车已经调整好射击的诸元素，目标正定在益津关北门城楼上。巳时已到，赵匡胤见王洪仍未转回，估计事情不会顺利，便指挥炮兵开火。炮兵指挥使大声喊道：“预备——放！”一阵石块雨点般地砸向益津关北门城楼。耶律斯沃见大势不好，难以抵挡，只得一溜烟逃向北国去了。

此后益津关立即易帜降周，他们日后做的第一件事就是重修北门，征发数千民夫来修筑益津关的城墙。既已得之，决不放弃。赵匡胤不战而胜，拿下益津关，随即西进抵进瓦桥关。

远远望去，阡陌相连，芦苇翠绿，河道纵横，满目疮痍，瓦桥关城楼在夕阳中巍然耸立，云雾笼罩城头，看似关隘已成孤城一座。

正是：世宗英武征燕云，出兵降服即益津。后周威严兵马壮，收复三关在当今。

夜　读

辛勤油火夜明灯，绕膝书声伴线声。
手停女工听句读，原来慈母是先生。

白洋淀雨中观荷

（一）
绿蓬逢雨别样妆，红荷黄蕊暗送香。
碧波莲子身一挺，鱼群队队戏鸳鸯。

（二）
苦辛从不对人言，碧绿青蓬带笑颜。
品洁何愁风雨疾，出身莫道污泥潭。

蝶恋花·赠友人

柔情似水何处找？相濡以沫，秋圃有芳草。清风明月时光少，冰清玉洁人窈窕。　万事都归一梦了，岁月与共，弦张琴音袅。相知几时尚缥缈，绿叶总伴黄花老。

刘玉华

刘玉华，男，1950 年生，雄安新区雄县米家务镇米黄庄村人。

刘玉华有五年的军旅生活、十一年的职工岁月。他连续三十一年任米黄庄村党支部书记，连续二十五年任雄县人大代表。1999 年在河北大学经济学院进修结业。2013 年主持修建米黄庄教学楼。2014 年刊印个人诗集《夕梦集》。

作品选读：

颐丰园抒怀

袅袅绿柳拂春日，花繁蝶乱闹杏园。
荷花池浅观鱼跃，雨后泛珠爱晚莲。
小桥流水潺潺去，碧波脉脉十八湾。
骄阳无力荫遮地，葫芦架下邂悠闲。
瓜果棚内夸瓜果，百花坪中百花鲜。
林木葱郁催人爽，风动无见鸟声还。
放目喜观丰硕景，游人忘情敢问天。
主人匠心雕滴翠，巧手描出色万千。
一处美景一处画，妙幻神奇我欲仙。

亭台美酒香飘逸，杯溢清茶意潋潋。
身置世外桃源醉，客远迢迢入梦恋。
春华秋实谁好看？红叶流丹颐丰园！

重建米黄庄教学楼

筹得百万金，高筑学子墙。
楼洁书气盛，院清桃李香，
为人做师表，育才出栋梁。
娇娃跃龙门，浩梦玉华乡。

写　荷

荷塘一枝莲，半入碧水间。
泥浊身不染，亭立静若禅。
清雅透天地，端丽照广寒。
不闻尘世闹，依旧对月眠。

采　风

阡陌来采风，田园入镜中。
未进农家院，已传乡音声。
东邻送红枣，西舍炒花生。
知是城里客，盛意待新朋。

葫芦趣（二首）

其　一

天工地匠葫芦娃，金藤玉茎凌空爬。
春种一棵福禄籽，秋收百宝寿星拿。

其　二

根深叶茂素飘花，引蜂招蝶乱晚霞。
葫芦肚藏千代籽，春抚子孙绽新芽。

祭拜米家务烈士陵园（三首）

一

清明又瞻烈士碑，烽火往事涌心扉。
平原抗战流鲜血，拼得今日遍地辉。

二

烈士丰碑矗入云，尽是精忠报国魂。
弥天豪气耀望眼，青史篇篇激后人。

三

抛头洒血为苍生，胜利凯歌壮我行。
将军归来召旧部，难舍故地战友情。

郭贺明

郭贺明，笔名鹤鸣，男，1952 年生，雄安新区雄县北沙口乡南沙口村人。中华诗词学会会员，保定市作家协会会员。大学文化，历任团县委书记、县政府研究室主任、乡镇党委书记、县委常委、宣传部部长、白沟·白洋淀温泉城管委会副主任等职。

曾在国家级及省市级报刊发表多篇作品，诗作荣获国家级二等奖。著有诗集《鹤鸣集》。

作品选读：

七律·赠赵顺义老师

生在农家不自卑，凌云壮志更生辉。
偷光凿壁吟唐句，刺股悬梁写魏碑。
结社耕余书会友，尊师传教画为媒。
淋漓翰墨泼燕赵，德艺双馨敢为魁。

七绝·农家（四首）

安　居

绿树红花大瓦房，盈声笑语粉围墙。
祖孙相聚天伦乐，共话齐心奔小康。

晨　锄

晨光正送启明星，薄雾轻柔冉冉生。
鸟鹊巢中犹未醒，耕夫汗水半衫浓。

月夜浇麦

星光慢闪月当空，渠水潺潺灌返青。
村路忽闻急促步，壶浆箪饭送田中。

种大棚

北风呼啸地结冰，春意融融满大棚。
才选黄瓜发省会，又分青韭进京城。

瓦桥关怀古（二首）

一

人到瓦桥忆雄关，曾经战乱起烽烟。
清河古道烧车淀，犹记当年血战寒。

二

宋辽争战古三关，铁马金戈去不还。

绿苇红荷白洋淀，轻舟荡桨画图间。

七律・雄州怀古

雄山易水捍中原，赵北燕南第一关。
战道千年英烈智，城垣百尺寇心寒。
侠风义骨荆卿事，铁马金戈靖难篇。
日暮虚窗留夕照，而今豪气正冲天。

七律・读书

案前把卷入空灵，细品深思如梦中。
晓理明由雷贯耳，壮怀逸兴志凌空。
风云四海书中汇，忧乐千家腹内容。
鸣雀临枝惊月落，蓦然举目晓窗红。

张贺明

张贺明，号无求居士，别号林野散人，男，1954年生，雄安新区雄县龙湾西村人。大学中文系毕业。中学语文高级教师，中华诗词学会会员。

他自幼酷爱文学，工作之余致力于散文、小说、诗歌、杂文、报告文学等多种体裁的创作。作品先后在《人民日报》《河北日报》《河北经济日报》《河北文学》《保定日报》《保定晚报》等国内几十家报刊发表。

作为雄县文学协会会长，为抢救濒临灭绝的口传非物质文化遗产，他担任执行主编，和编委同仁一道，进百村入千户访万人，历时近一年，终于挖掘整理出几十万字的《雄县民间文学》。该书出版后受到社会各界广大读者的一致好评。

作品：中篇小说《领飞的头雁》，诗词集《一鸣集》。

作品选读：

和王旭龙《甲午秋日访龙湾张贺明诗家》

径扫柴扉敞，迎宾日更暄。
飞觞谁醉酒，论道我齐贤。
艺酿城乡喜，诗牵今古欢。

君才能倚马，余味胜粗餐。

满江红・雄州抒怀

回望雄州，曾经是、三关古邑。驰铁马，几多征战，壮心不已。滚滚狼烟危警报，滔滔易水捷声忆。千年间、燕赵矗高关，磅礴曲。　　寒暑往，沧桑易；铁与血，成陈迹。响振兴战鼓，倍增豪气。地利依托春色染，天时凭借青云起。看今朝、百业绘宏图，雷霆力。

游白洋淀荷花大观园

进　淀

水上风情别有天，依依绿柳唤游船。
今朝进淀渔乡去，浪洗风尘一路欢。

入　园

弃舟登岸进园门，迎客如花笑语亲。
似有荷仙陪我走，神清气爽倍舒心。

长　廊

袅袅青藤掩画廊，其间漫步夏生凉。
驰眸触美蓬莱境，始信人间有此乡。

水乡工艺品

货摊门脸满琳琅，珠贝根雕苇饰香。
购物何需分贵贱，芦笛一管壮行囊。

斗艳荷花

万国荷花百卉图，争奇斗艳惹神舒。
古来多赞江南好，此地分明西子湖。

水乡民乐

笛子声声唢呐天，水乡民乐唱尤欢。
旅游兴淀今朝富，多少心声入管弦。

和沈云诗家华章见赠

沈云诗家较我年岁略长，尊为兄，交往三十余载。其间会面多次，诗品人格堪为榜样。古人云："与君一席话，胜读十年书。"深有同感。诗人间会面神交，唱酬吟咏之类，乃古今之雅兴。近日，诗家有韵书并华章相赠，试和数韵，唯期诗家运巨斧而斫之。

华章玉赐见深情，诱我回眸溯友声。
不是仁兄掬三勉，何来愚弟纵一鸣。
云遮旱土诚输雨，炭送寒屋却抵风。
大纛君擎雄邑幸，骚坛犹赖众人耕。

王义合

王义合，笔名王义和，男，1959年生，雄安新区雄县双堂乡陈家柳村人。教师，中国散文学会会员，西部散文学会会员，保定作家协会会员，《燕赵文学》签约作家，雄县作协副主席。

王义合是一个土生土长的农村人，是一个致力于乡土散文的写作者，赞美乡村、歌咏故乡，是他写作的基本走向。他的散文，以乡愁为根底，写自己熟悉的乡村的人和事，通过诗意化的语言和美的语感去引领读者体味作品内涵，并接受美好的传统文化的熏陶。

代表作：《断鸿声里忆老屋》（刊发于2017年《西部散文选刊》（原创版）第四期，此文获首届华夏散文大赛优秀奖、首届《河北作家》美丽河北征文优秀奖、首届“世界汉语文学杯”大赛一等奖）、《卖纸花》（刊发于2017年《散文选刊》（原创版）第十一期，被《散文家》收录，并获得2017年度“中国散文年会”等级奖评选资格）。

其他主要作品：短篇小说《妖女》，散文《挖老鼠仓》《乡村轶事》《在故乡河里洗澡》《乡村那消失了的骂街声》《老家的蛇》《梦萦乡愁忆卖花》等。

作品选读：

断鸿声里忆老屋

一

秋风萧瑟，黄叶飘零，断鸿声里我又一次忆起了故乡的老屋。

故乡的老屋是两间低矮狭小的西厢房，里坯外砖，巴掌大的四合院里，还住着老叔和大伯两户人家。尽管分家各过，但同在一个宅院里生活，仍不失一个大家庭的氛围。

在我童年的记忆里，祖母是个不苟言笑的人，一天之中很难见到她的笑脸。祖母晚年双目失明，管教我们异常严厉。倘若我们的吵闹声惊扰了她，她便摸索着抡起拐杖，呵斥我们一番。我怕祖母，有时见了祖母就像老鼠见了猫似的，总要东躲西藏，对她不敢有半点违拗。

祖父是个老实巴交的庄户人，整天闷声不响，只知道下田劳作，实在累了，就拔下腰间的短杆烟袋，拧上一锅掺了青叶的旱烟，美美地吸上一气儿，吸到兴头上，还会含住据说是玉石的烟袋嘴儿，把烟杆儿嘬得嗞啦嗞啦山响。

老屋是祖父盖的，是我的父亲结婚后分得的家产。我们姐弟四个，属我年龄最小。遗憾的是，对于母亲生前的模样，我竟然没有半点印象了。尽管我已经很努力地想记住母亲的样子，但天堂里的慈颜总是那样的模糊不清。在我刚满五岁那年，母亲就永远离开了我们。

在我残留的印象中，母亲咽气时，我还呼呼大睡，醒来后天已经大亮，发现母亲穿戴一新，直挺挺地躺在床上。我愣怔地坐了起来，见三个姐姐跪在母亲床边，嘤嘤地哭泣，屋里还站着许多大人。我似乎有些蒙了，不明白是怎么回事，刚喊了一声妈，就被不知谁的一双大手抱走了。我哭着，并不晓得母亲已死，懵懂的我永远不会理解死亡的分量。

出殡的那天，亲人们撕心裂肺地哭着，堂哥抱着我打着招魂幡，那白色的飘带在我眼前飘呀飘的，成了我一生中永恒的记忆。

由于贫穷，父亲买不起装殓母亲的棺椁，是祖父拆下宅院大门，请本村木匠做了一口薄棺，把我母亲草草地埋进了村南的祖坟。

母亲走了，老屋里更多的寂寞时光，就扔给了孤单的父亲。

为了生计，父亲终日奔波忙碌，除了参加生产队的劳动，还利用冬闲时间，推小车进山趸柿子，回来走街串巷叫卖。可是，在那个饥荒成灾的年代，穷困的影子总是跟随着我们。

为了度春荒，大姐就带着我和二姐、三姐，到堤外剜取老鸹锦、苣苣菜、艳福根儿、醋醋溜，回家把它们用开水一泼，掺上少许玉米面或高粱面蒸食。苣苣菜是不能当粮食吃的，只能生拌或蘸酱当菜肴食用。即使这样，我家也时常断炊。因为饿肚子，我们显得异常清瘦。

一天，记不清是上午还是下午了，在乡信用社工作的舅父步行着来看我们。当他走进我们家徒四壁的老屋，看到凉锅冷灶时，知道我们又断炊了。舅父爱怜地把我抱起，我像受了什么委屈似的在舅父怀里哇哇大哭起来。那一刻，舅父的泪无声地落下。舅父把我背在背上，把我们一家人接到了姥姥家生活。

有了舅父和姥姥的周济与庇护，我们度过了失去母亲后的第一个灾荒年。

日子像水一样流逝着，和表哥玩耍之余，我会常常爬上姥姥家院子里的那棵老槐树，眺望家乡的方向，搜寻我家的那栋老屋，找寻回家的那条弯弯曲曲的羊肠小道，这时我的内心总是涌出一股莫名的惆怅。我知道，我是想念自己的家了，想念那属于我们自己的老屋。

姥姥看出了我的心思，无奈地叹了口气。

在一个黄叶飘零雁阵南归的秋日，我们在姥姥那泪光闪闪的忧伤中，挥手告别了舅父一家人，又回到了老家，回到了那栋属于我们自己的老屋。

二

老屋，像儿时村西那口爬满了苔藓的老井，尘封着汲不完的乡村旧事；老屋，像儿时水井上那根湿淋淋的辘轳绳，摇摇就抖落出串串童年歌谣。

翻过老屋苦涩的一页，轻轻开启老屋欢乐的时光。我清楚地记得，春天的老屋是最富有生活趣味的。当清脆悦耳的柳笛声从窗口欢快地飞进老屋，把冬的寒气一股脑儿挤走之时，我便甩掉棉衣的束绊，急猴般地冲出老屋，和伙伴们颠跑在六郎堤下那返青的麦田里放风筝。随着风筝慢悠悠地在空中越升越高，心里那个美啊，仿佛我们那一颗颗醉透了的童心，也被三月剪剪轻风送上了瓦蓝瓦蓝的天空里。那如醉如痴的感觉，永远蛰伏在我心灵的深处。

夏日黄昏，袅袅炊烟笼罩了老屋的房顶，父亲还在田间劳作。我光着脚丫，溜出老屋，坐在村口菜园里的那棵歪脖老柳树上，向父亲劳作的那块庄稼地张望，盼望着父亲快些收工回家。炊烟由浓逐渐变淡，屋檐下便会飘来姐姐长一声短一声催我回家的呼唤。

皓月高悬中天，月光撒满草垛和老屋房顶。我依偎在父亲的怀抱里，在院子里听纳凉的大人们谈古，讲鬼怪故事。一堆用于熏蚊虫的麦秸燃在院落边，不时发出秸秆爆裂的脆响。祖父的旱烟袋忽明忽暗，像萤火虫一样，点点星火点缀在夜空里，一晃就不见了，留下的依旧是月光泻下的苍白。夜深了，串门聊天的大人们都已回家，父亲把入睡的我抱进老屋，月亮也悄悄地从窗口跟进来轻抚我的脸。我至今记得，父亲坐在炕沿上，为我轻轻摇着蒲扇，摇下缕缕柔风，摇落串串歌谣，落在我的枕上，飘进我的梦里。

雨天的时候，我会静静地坐在老屋门口，看密密麻麻的水滴自房檐一串串急涌而下，似断线的珍珠，砸出地面簇簇旋转的水泡儿。后来读到唐代诗人王建的《听雨》："半夜思家睡里愁，雨声落落屋檐头。照泥星出依前黑，淹烂庭花不肯休。"我总会想起儿时坐在老屋门口看雨听雨的情景，也更加唤起我想念家乡的情怀。

最惬意的事情是跟着姐姐去河边洗衣裳。姐姐用木棒槌在青石板上卖力地捶打拆洗的衣物，那"咣咣"的节奏声就像今天的打击乐。河水清澈见底，可以看得见成群的小鱼在水里游来游去，只是人一靠近，便四散奔逃了。姐姐洗衣裳的时候，我会在河坡上的草丛里捉蝈蝈、逮蚂蚱。姐姐洗完衣裳倘若时间允许，也会挽起裤腿在河边捉鱼，沿着有水草的浅滩探摸一遭，就能捉到活蹦乱跳的鲫鱼和小虾，回家后它们就会变成我饭桌上的美餐。

冬天，大雪封门的日子，漫漫长夜里，呜呜的西北风扯天扯地地吼叫着，一家人围坐在火炉旁取暖，听父亲讲他小时候的事情，那乐融融的感觉真的好甜好甜。大姐似乎有做不完的针线活儿，在昏暗的煤油灯底下搓麻绳、纳鞋底、做鞋子。要知道，大姐那时也还只是一个十几岁的孩子，在姥姥家居住时，她

四

日月更替，斗转星移。在老屋流水一样的匆逝中，我的一双儿女长大了。

女儿很爱她的母亲，见母亲被纸花生意所累，终日疲惫不堪的样子，竟舍弃自己的学业，开始帮母亲料理纸花生意。

市场距老屋三十里开外，销售纸花，须起早去，晚了，摊位就没有了。残星还在眨眼，晓雾迷蒙，妻子用自行车载着纸花，早早起程了。寒来暑往，四季轮回，母女俩终日奔波于老屋和花市之间，就像我父亲生前肩头上的那根扁担，老屋在这头儿，花市在那头儿。

儿子读初中那年，转学去了霸州市二中。

那时，我大姐夫还在霸州市二中教务处工作，是他圆了我儿子进城读书的梦。为了儿子读书方便，我在那座城市买了房子，而后，便匆匆离开故乡，离开了我的老屋，举家搬迁到城里，过起了城里人的生活。

身处闹市的喧嚣中，我总会有一种寄人篱下的感觉，也更加怀念起我的故乡，我的老屋，想故乡那熟悉的人，想故乡那炊烟袅袅的景，想故乡那尘封的事。站在楼的高层窗口，凝视故乡方向，我恍惚觉得有一缕淡蓝色的炊烟，就在我的眼前袅袅升腾着，满是亲切的气息，叫人莫名的感动；仿佛望见我那苍老疲惫的父亲，还站在老屋矮檐下，站在一缕炊烟的背景前，远远地望着我，一声声喊着我的乳名。

儿子考上了大学，女儿也已出嫁，可我的心中竟然觉得怅然若失，空荡荡的心里总是遏止不住地伤感。翻看着儿女成长的相册，喜忧参半，孤独瞬间占据了我的心灵，那是孩子们长大了飞出巢后的一种空虚和落寞，但也是一种欣慰和满足。

那年，儿子大学毕业，做了一名高中数学教师。

我卖掉霸州的房子，又在儿子工作的那座城市买了三室两厅的居所。

接下来是装修，完工后又接着操办儿子的婚事。

一年后，儿媳送给我和妻子一个乖巧聪慧、活泼可爱的小孙女，我和妻子理所当然地承担了做饭和看护孙女的义务。

华灯初放的夜晚，孙女依偎在我的怀抱里，笑得那么开心那么甜蜜，我给她轻轻哼唱起了她曾祖父曾经给我唱过的歌谣："青石板，石板青，青石板上钉银钉……"唱着唱着，我的眼角竟然潮湿起来。

离开故乡的老屋越久，思念的那根神经就会绷得越紧。今年阴历十月初一，借给父母上坟烧纸的机会，我又一次回到了故乡，回到了那栋曾与我朝夕相伴的老屋。

老屋还是以往那个样子，静静地躺在故乡的怀抱，像在安详地酣睡，只是在老屋旁边，不知是什么时候，竟然鬼魅似的冒出一栋刺目的瓷砖贴面小楼，破坏了乡村古朴祥和的氛围，与周围环境显得那么不协调。

我走进老屋的院子，一种久违的感觉涌动全身，真的到家了。站在老屋的矮檐下，我的内心禁不住一阵阵酸楚与愧疚，仿佛看到了父亲肩挑扁担的背影在老屋前弥漫，抚摸着老屋日渐斑驳的院墙，仿佛触摸到土红色砖缝里渗透的父亲的疲惫、叹息和期待，仿佛看到十年前父亲清癯的面容。我的眼泪就像挂在老屋矮檐上的雨滴，一滴一滴凝结在无限的哀思里。

那日，我在老屋门口与乡邻闲聊，堂嫂走过来问我老屋卖吗？

我把头一扬："不卖！"她哪里知道，没了老屋，我的灵魂将浪迹天涯。

卖 纸 花

那年夏天，正值学校放麦假，我骑车载货独自一人去唐山销售妻子做的纸花。

这是我第一次骑车出远门。出发前，我到书店买了一张省交通示意图，把去唐山必经之路上的一些主要村镇熟记在心。为了节省路途花费，我让妻子给我烙了两张面饼，又把一个行军壶灌满白开水，以备路上饥餐渴饮之需。妻子打开衣柜，拿出我一身儿只有走亲戚才穿的衣服，说到城里做买卖，穿着不要寒酸，那样会被人瞧不起，人家拿你当乡巴佬了，你还怎么做成买卖呢？我默默点点头，似乎突然间明白了许多道理。

望着妻子略显消瘦的面庞，我很感动，也有些酸楚。为了这趟买卖，妻子何曾睡过一个囫囵觉！白天她带女儿下田侍弄庄稼，晚上就坐在灯下用一双巧下来，尽管我穿着雨衣，但身上还是被肆虐的雨水浸湿。我摸摸内衣兜，还好，花款被塑料袋包裹着，是不会被雨水浸湿的。我冒雨继续骑行，可要命的是雨水还夹裹着雷电，乌天黑地里忽然一条火蛇窜过，紧接着，轰隆隆的雷声就把整个大地震得地动山摇。我只好推着车子，战战兢兢地前行。不一会儿雨过天晴，太阳一下子又毒了起来，金子一样的光亮直晃人的眼睛。很快，我湿透的衣衫又被阳光蒸晒干了。归心似箭呵，我恨不得肋生双翅，一下子飞回故乡，和我的妻子一起挥舞银镰收割我家那五亩小麦呢！

暮色上来了，我还没有赶到芦台那个投宿的地方。暮色渐浓，天空仿佛是不断加入墨汁的水，渐渐浓稠成夜色，而我的归途，还在夜的墨黑里无限地延伸着。我实在是累极了，就下了车子坐在路边休息。这时，我看清挨着路边有个微微隆起的土丘。我忽然冒出一个念头，想在土丘上过夜，还能省下住店钱，何乐而不为呢？我走上土丘，只见周围长满了苦蓬和杂草，流萤在草丛中划着发亮的弧光，闪来闪去。土丘中央有棵怀抱的大柳树，茂密的树荫笼罩着一座汉白玉石碑，我这才知道原来这是一座坟茔。我有些犹豫，管他呢，先躺一会儿再说。我把自行车靠在石碑上，铺开雨衣，躺了下来。月亮还没有升上来，闷热潮湿的空气里，没有一丝风。就在我昏昏欲睡之际，藏匿在柳树上的一只猫头鹰冷不丁地啼叫了起来，像婴儿的啼哭声，那声音在漆黑的夜幕里令人不寒而栗，我潜意识中与生俱来的恐惧因子一下子被激活了，仿佛坟茔里潜伏着面目狰狞的鬼魅，绿莹莹的眼睛正不怀好意地窥伺着自己。我一骨碌爬了起来，睡意顷刻间全消。就在我一愣神的时候，突然感觉有个什么东西缠绕在我的左脚脖上，冰凉冰凉的，似乎还在东扭西歪地蠕动。我本能地弯腰一拽，妈呀，是条野蛇！我的魂都要被吓飞了，顺手把它一丢，扯起雨衣，跨上自行车，跌跌撞撞地向前一路狂奔。也不知骑行了多久，当我骑上一个高坡时，眼前出现了一片灯光，像漂浮在浩瀚无际的海洋上。呵，是芦台！我到芦台啦！我的心里倏然敞亮起来！

天又蒙蒙地亮了，我离开了芦台，继续我的行程。

直到暮色再一次降临，村舍升起晚炊的缕缕烟柱时，我终于回到了家。

见我平安归来，妻子笑了，笑得有些酸楚，眼睛里竟闪出对我感激的泪光。我亲了亲女儿，从挎包内掏出一包糖果给她，女儿开心极了，快乐得在屋里蹦来跳去。忽然，女儿指着我的屁股咯咯咯地笑了起来，这时我才发现，我的裤子挨近屁股的地方，竟然被车座磨破两个大洞。猛然间，想起唐山那几位女子对我的哄笑，我恍然大悟，旋即释然地笑了。

为了这条磨损的裤子，我一连心疼了好几天。

高东生

高东生，网名“为什么我的眼里常含泪水”，男，1963 年生，籍贯河北省雄县。张家港高级中学语文教师，微距摄影师，张家港市摄影家协会会员，有多篇摄影手记在国内知名报刊发表。江苏省课程基地建设项目《影像与写作》课题组核心骨干、领衔名师，《读者·原创版》杂志签约作家。

高东生 1982 年 7 月毕业于保定师范高等专科学校中文专业，之后在河北省雄县中学工作至 2001 年 7 月。2001 年 8 月，在老家教书多年的他通过全国招聘，来到张家港，成为张家港高级中学的一名语文老师，工作至今。

2017 年 8 月，读者传媒集团股份有限公司为其出版摄影散文专著《虫子的江湖》。

作品选读：

时光流逝里的鲜艳智慧

芭蕉展开宽大的叶子，绿了，此时樱桃也红了，甚是好看。其实樱桃不用芭蕉的衬托也挺美的，它自己的叶子也绿得鲜亮。

今天去采摘后，一个同事说，树上叶子蜷曲着好多，好像一只一只的虫子啊，是不是大家都采它，而它不愿意所以想出这个招数来吓唬人啊。我说：“应该不是，叶子是用来进行光合作用的，它会尽力舒展开，保持最大的面积来接收阳光，如果蜷曲，肯定是受灾了。”

相反，樱桃成熟之后，它希望你去采，也喜欢你吃它，几乎所有的果实都这样。

如果这棵樱桃树没有人采摘，鸟也不来啄，其他动物也不来吃，那么它的果实熟透之后，便自然地凋落滚到树下。有几粒种子可能会在以后的年月里发芽生长，但很难长大。因为它长在大樱桃树的树荫中，虽然大树底下好乘凉，但并不利于它的生长。

我们常见的苹果、梨子、桃、杏等都是这样。它们的果实不像蒲公英，没有飞翔的伞；也不像苍耳，果实上有刺钩；也不像凤仙花，果实能爆裂，把种子弹出去。它们的招数就是甜、酸甜、蜜甜、香甜，诱惑你，让你吃它们的果实，并顺便把种子带走。

但也并不是那么简单，例如颜色。几乎所有的果实在未成熟的时候都是绿的，和叶子的颜色一模一样，这是一种隐身。未成熟的果实一般苦、涩、酸，难以入口，人自然不吃，其他动物大多也不喜欢吃；成熟之后的果实则模样大变，或黄或粉或红或紫，在枝头上招摇，希望引起你的注意，当然，味道也甜美了，让你不但想吃，还想“吃不了兜着走”，那么，它就让你幸福得上当了：你替它传播了种子。如果不是土壤和气候的限制，它们的领地就会慢慢拓展到无边无际。

它们的心机还在于果实甜美的时候，种子却让你难以下咽，甚至有毒。这是在警告你：吃了甜美的果肉就可以了，不感谢我也不和你计较，但别得寸进尺，请你把种子留下。

植物也是经过了漫长的岁月才进化到了如今的模样，它们的智谋我们还不太了解，人类的科技日新月异，也许在它们看来只是花拳绣腿。想想吧，它们没有座机、手机，单靠气味就能传递信息，不知比我们的通信手段先进多少倍。赞美并崇拜植物吧，它们把一切删繁就简，既科学又艺术，真正达到了至高无上的境界。

红了樱桃，不只是昭示着“流光容易把人抛”，我还从中看到了无与伦比的鲜艳的智慧，有如佛祖在菩提树下开悟那般。

画一张脸谱吓唬你

我又看到了一只神奇的小蜘蛛，它让我又一次对这个世界充满了感激：自然界不厌其烦又一丝不苟地创造着一个个惊喜，等着我去和它们偶遇。这样说的时候，我总是忐忑不安，我怕别人会说我矫情，因而我很感谢我的相机。

每次路过拍到纯绿色蜘蛛的那个地方，我总要停下来看看，希望它还在，不拍，看看也好。然而，像那只人脸蜘蛛一样，它只和我见了一面，从此就好像在这个世界上蒸发了一样，消失得完全彻底，真的是不留任何蛛丝马迹。我猜想，这样的品种非常稀有，它们必然生活在十分隐秘的角落里，谨小慎微地活着，随时都有绝种的危险。看到，还能拍下来，这要看你的运气，或者叫缘分。

蜘蛛本身就是大自然的杰作，其种类繁多，本领高强，更不用说其中的佼佼者了。它们有八条腿，还有一双须肢、一对螯足，各负其责。蜘蛛除吐丝、结网外，还随时给自己的杂技表演系上一根保险绳。我看到，即使是刚孵化出的、小得让你都分不清它模样的蜘蛛，一个个从上方悬空而下，也有如天兵天将一般。有一种跳蛛，头部上下左右前，五个方向，竟然有八只眼，说它“眼观六路”一点都没有夸张。还有会撒网的蜘蛛，会使用流星锤的蜘蛛……

对于昆虫知识，我只了解那么一点点，业余的不能再业余了，但这已经足以让我惊讶不已了。

今天这只小蜘蛛，我称之为“京剧脸谱蜘蛛”。它额头勾抹得复杂而华丽，鼻子两翼是黑色的，像小丑的装扮，嘴巴嘟着，这使有络腮胡子的两腮高高鼓起，圆圆的像卖萌。当我这样描述的时候，很多人不信：“天花乱坠的，你就吹吧，哪有你说的那样的蜘蛛？”每当这个时候，我都会有些激动，把他们拉到我的电脑前，翻开照片：你看，你看啊！

我之前也在网上看到过脸谱蜘蛛的图片，但大致相似而已，不精致，模棱两可，所谓的“脸谱”更多的是拍摄者加上想象之后的描绘，和我拍到的这只比起来，天上地下。

当我一个人面对着它的时候，满脑子都是解不开的疑惑：它为什么要把自己的背部进化成脸谱？难道，多少年前，它的祖先在草丛里、在树杈间、在屋檐下曾经看过人类的京剧演出，并悟出了人勾上脸谱更让人害怕的道理？

我看到过食蚜蝇模仿马蜂的黑黄条纹，以示自己很厉害。蚁蛛从各方面看都神似蚂蚁，目的是混迹蚂蚁之中，随时美餐。枯叶蝶的拟态、变色龙身体颜色的快速改变等，是为了隐身，都是在生存的逼迫下练就的本领。如果狼披上羊皮我不会惊讶，甚至羊披上狼皮我也能理解，唯有蜘蛛模仿人脸，让我心惊胆战。莫非不足指甲盖大小的蜘蛛，也知道人高踞食物链的顶端，他们已经没有了天敌，所有的动物都害怕？蜘蛛的这一家族都看透了这一点，知道模仿什么动物也不如模仿人更能防身，于是它们把脸谱画在背上，子孙万代传递下去。

这是智慧，还是偶然？我焦急地等待着有人能给我答案。

悲观之后我又安慰自己，我们人类还没有那么恶毒阴险，小蜘蛛也没有进化成超越人类的大脑，这是一出在灌木丛一个小角落上演的微型京剧，这只小蜘蛛就是分到了一个重要角色，扮演花脸而已。

所以，它发出的超声波，是唱给树木的，树叶哗哗鼓掌，是感谢名角的倾情演唱。但此时的我近乎失聪，虽然已经倾心侧耳了，却依然听不到一丝京剧的声响。

张 忠

张忠，男，1963 年生，雄安新区雄县人。中共党员。保定学院文学院副院长。

1983 年 9 月至 1987 年 6 月，在河北师范大学中文系就读，获文学学士学位。1996 年 8 月至 1997 年 6 月，在南京大学中文系进修文艺学硕士课程。主要从事文艺学专业的教学和研究工作。由其担任编剧的话剧《蔡和森的布里梦》（独幕剧）获批国家艺术基金 2014 年度资助项目。

作品选读：

蔡和森的布里梦（独幕剧）

人物：

蔡和森：新民学会发起人，布里村留法工艺学校学生兼湖南班国文教员。

向警予：蔡和森恋人，新民学会会员。

段宗桐：高阳县布里村留法工艺学校校董。

马二宝：高阳县布里村村民。

齐大娘：高阳县布里村村民。

齐芝子：齐大娘孙女。

齐顺子：齐大娘孙子、芝子弟弟。
齐连登：高阳县布里村留法工艺学校法文教员。
颜昌颐：高阳县布里村留法工艺学校湖南班班长。
熊信吾：高阳县布里村留法工艺学校湖南班学生。
黄进一：高阳县布里村留法工艺学校湖南班学生。
唐灵运：高阳县布里村留法工艺学校湖南班学生。
王仁达：高阳县布里村留法工艺学校湖南班学生。
孙发力：高阳县布里村留法工艺学校湖南班学生。
高怀德：莘桥镇警局警长。
闫麻子：莘桥富户闫家骐的独生子。
闫　三：闫家管家。
莘桥镇巡警二人。

［幕起。

孙发力：老师，乡亲们家里的雪都扫干净了。

蔡和森：好！

唐灵运：蔡老师，农民夜校的积雪也打扫干净了。

蔡和森：好好好，哎，你们快看看这块匾挂得正不正啊？

众　人：很好了。

蔡和森：同学们，我们呀，记住这块匾吧，1918 年，矢志追求救国救民真理的三十位湖南学子们，在布里与乡亲们休戚与共，携手相帮，我们在这里学法语，习工艺，增益学识，强健体魄，这个冬天，注定是不平凡的，我们将在这里开始留法勤工俭学的漫漫征程，终将创造一段壮举和传奇，这是何等的辉煌啊！

颜昌颐：老师，我们就是要成就这一番壮举和传奇！

黄进一：老师，我们就是要有这样的血性和精神。

颜昌颐：老师，宿舍还没有打扫呢。

蔡和森：哦！那我们抓紧时间吧！

颜昌颐：好，同学们跟我走！

［齐大娘上。

齐大娘：哎哟，孩子们跑得可真快。蔡先生。孩子们跑得真快，乡亲们这满院子的雪可把大伙累坏了，哪能干完活儿就跑了呢。咱庄稼主也没什么好吃的，我给孩子们拿来点花生和大枣。

蔡和森：齐大娘！您总这么客气！这下雪了，孩子们给乡亲们干点家务活儿，不是应当的嘛！

齐大娘：哪里是一点哟，自从你们来了，我们可得了益了。

芝　子：是啊！

齐大娘：全村就不用说了，单是庄子北头这几家的挑水和推碾子不是都让你们给包了吗?!

芝　子：还有呐！还时不时地给乡亲们念信写信，教孩子们念书写字。就说您蔡先生吧，您平日里那么忙，还每天抽出空来给我们夜校上课呢！

齐大娘：讲得我们这帮睁眼瞎呀，心里都亮堂堂的了。

芝　子：这不，我们去夜校上课，奶奶她，也总嚷着要去呢！

齐大娘：怎么了？就兴你们年轻人上进呐?!

众　人：哈哈哈！……

齐大娘：咦，这孩子们都去哪儿了？

芝　子：是啊，都去哪儿了？

众学生上：齐大娘！

齐大娘：哟，真吓我一跳。来，快吃花生。

孙发力：大娘，您自己留着吃吧，我们不吃。

齐大娘：嗨！这大冷寒天的来上这个学，真是难为你们了。大娘也帮不了你们什么，这个呀，是大娘的一点心意。

黄进一：大娘，拿回去给顺子弟弟吃吧，我们……我们不吃。

齐大娘：不吃？真的不吃？

众学生：不吃。

齐大娘：那我就生气了。芝子！

芝　子：哎！

齐大娘：替奶奶把它倒了。

芝　子：好嘞！

众学生：哎！我们吃，我们吃！

顺子上：奶奶，奶奶，你们来学校怎么不带上我啊！

芝　子：哎呀！叫你干吗啊！？

顺　子：我来找小熊哥哥要狮子头、放鞭炮来啦。

王仁达：顺子，我会耍狮子啊！

顺　子：真的？太好啦！

王仁达：你看着啊！咚得隆咚锵……我给你们大家耍一段，你们都配合我呀！

黄进一：我教你放炮！

顺　子：好！

［炮响。

王仁达：哎哟！

众　人：哎哟！

黄进一：顺子，你把仁达的裤裆给崩破了！

众　人：哈哈哈……

芝　子：哎呀，你看看你，你来干吗……

顺　子：姐姐，你快给王大哥把裤裆补上吧！

芝　子：哎呀！

齐大娘：孩子，去里屋，把裤子换下来，大娘给你补。七岁八岁讨人闲，你这孩子净给先生们添乱。

王仁达：好的。

蔡和森：哎！齐大娘，这可不是添乱，你看，这给我们带来了多少乐趣啊！乡亲们对我们这么好，虽然这大雪纷飞的，可我们的心里却是暖融融的，有了乡亲们的帮助，我们的梦想就一定会实现，哪怕遇到任何的艰难险阻！

马二宝：哼！

闫　三：二宝，二宝，你等等我，二宝。

马二宝：闫三，你看看这房子，这本来是我表姐家借给我娶亲用的，结果，你看现在……

唐灵运：什么话啊。
马二宝：你们工艺学校不能这么欺负人啊！
王仁达：什么？欺负人？
马二宝：这么大的一块宅基地，才给两百块大洋，这不是欺负我表姐家没有人嘛！
唐灵运：您说的这事啊，我们这里没人听，我们都是学生。
王仁达：是啊。
马二宝：学生？学生怎么了，只要在这个地方待的人，你们都脱不了干系！
［小熊咳嗽。
马二宝：你说你们这帮湖南蛮子，大冷天的非要来上这个学，这不是遭罪嘛，算了，等你们老师来的时候我再和他说，这都什么事啊这是！
［马二宝下。
王仁达：你都看到了，在湖南时我就听人说，勤工俭学，漂洋过海，就是没把握，不可靠，这预备学校的事就弄得这么玄乎！
唐灵运：那你想怎么办？
王仁达：我想我们湖南人是不是有些异想天开了。一到布里，我就觉得我们上当了，是不是先找蔡老师说一下？我们还是早一点回湖南另谋出路吧！
唐灵运：怎么，你想打退堂鼓？
王仁达：不是我想打退蹚鼓，是，你看，这是人待的地方吗？
唐灵运：要说你去说！
王仁达：这是我们大家的事，你不能让我一个人去吧！
唐灵运：哎，我总觉得你的道理不对，可一时又说不出错在哪里。
王仁达：我的道理就是现实，你看这现实就是道理。
唐灵运：哎，请你想想我们的理想。
［孙发力上。
唐灵运：你看他……
孙发力：我们还是先看看小熊的情况。
马二宝：我先听听这帮蛮子们都干什么。
孙发力：小熊你病啦，唉，我还是先给你打碗热水吧。

王仁达：发力同学，这情形我们都看到了，我有话说。

孙发力：你们在嘀咕什么？

唐灵运：听他说！

王仁达：我想我们不能在这里待了，我主张我们大家马上退回湖南，另谋出路吧！

孙发力：我同意王兄的见解，我们没法适应这样的鬼天气，再这样下去，我们也冻趴下了。

唐灵运：我不同意退回湖南！

孙发力：那至少我们应该转到育德去，那里是省会，条件要比现在好得多。

王仁达：对啊！我们应该找蔡先生向段校董反映一下，干吗把我们安排到这儿啊！

唐灵运：我不同意你们的见解！虽然你们说得不是没道理，但我觉得我们必须跟着蔡老师，跟着蔡老师就没错，如果我们背离他的道理，自作主张就肯定错了！

［小熊咳嗽。

［蔡和森、颜昌颐上。

蔡和森：你们在议论什么？

孙发力：老师，我们得向您汇报一个情况。

蔡和森：我们还是先看看小熊吧！呦，是挺热的，昌颐，你去厨房找段师傅熬一碗姜汤来。

颜昌颐：好。

蔡和森：哎，同学们都到齐了吗？

颜昌颐：进一同学随齐先生上集市买菜去了，其他人现在都在学校。

蔡和森：哦？平时帮大师傅买菜，这个点儿早该回来了呀。

颜昌颐：老师，有什么问题吗？

蔡和森：哦，没什么，你先去吧。

唐灵运：蔡老师，您别脱，您哮喘挺厉害的，别着凉了。

蔡和森：没什么大不了的！我一会儿上课，一活动就不冷了。今天下雪了，同学们都穿暖了没？

不能耽误了大家的学习。好了好了，不说这件事了，小熊怎么样了？

孙发力：他睡了。

蔡和森：还发烧不？

颜昌颐：好像出了点汗。

蔡和森：嗯，看来是没什么问题了。

齐大娘：先生，我们唠叨得太多了，得走了。

蔡和森：齐大娘，您多坐会儿不碍事的，我们这里虽然冷点，可是人多呀！

齐大娘：我也愿意和你们大家多待会儿，可我刚才想了想，你们这么多人一件羔皮袄哪儿行啊！我得去找我那几个老姐们儿合计合计去，看看能不能给你们每个人都做件，这事儿可耽误不得。

蔡和森：您辛苦了！

齐大娘：顺子，我们走。

顺　子：哎，蔡先生，等哪天你有工夫，再教我首儿歌好吗？

蔡和森：没问题。

顺　子：谢谢蔡先生。

［齐大娘、顺子下。

孙发力：老师，周敦颐的《爱莲说》我背过了。

蔡和森：哦，那发力同学你来背一下！

孙发力：水陆草木之花，可爱者甚蕃。晋陶渊明独爱菊。自李唐来，世人盛爱牡丹。予独爱莲之出淤泥而不染，濯清涟而不妖，中通外直，不蔓不枝，香远益清，亭亭净植，可远观而不可亵玩焉。予谓菊，花之隐逸者也；牡丹，花之富贵者也；莲，花之君子者也。噫！菊之爱，陶后鲜有闻。莲之爱，同予者何人？牡丹之爱，宜乎众矣！

颜昌颐：老师，这篇文章的主旨，该如何把握呢？

蔡和森：那我们来讨论一下吧！

孙发力：老师，这篇文章主要给大家介绍了三种花卉：其一是菊，其一是莲，其一是牡丹。菊者，晋陶渊明独爱；莲，作者独爱；而牡丹，李唐以来世人盛爱。

唐灵运：老师，作者介绍了莲花的诸多崇高品性，如出淤泥而不染，濯清涟而不妖，中通外直，不蔓不枝，香远益清，亭亭净植，可远观而不可亵玩焉。我想这就是周敦颐独爱莲花的理由。

马二宝：蔡老师，不好意思，又打扰了。

蔡和森：二宝！你这是……

马二宝：蔡老师，下雪了，天太冷了这校董进县城弄煤一时半会儿也回不来，我不能看着孩子们受冻，所以啊，我把自家的火盆拿来，看看能不能管点用。

蔡和森：二宝，你太费心了！

马二宝：不费事，弄点棒子把儿，浇点煤油，烧一会儿就好了，趁现在快烤烤吧。

蔡和森：快来烤烤吧！

孙发力：这真是太好了！

众学生：谢谢马先生！

马二宝：你们才是先生呢，蔡老师，今儿这一见啊，我才知道你们果然名不虚传，你们有身份没架子，是真正干大事的人，这小小年纪抛家弃业又走南闯北的，心里装着咱老百姓，装着咱国家，让人佩服，让人佩服！

蔡和森：马先生，还是要谢谢你，你这才是真正的雪中送炭啊，今后我们无论走到哪里，都不会忘记这个火盆，不会忘记你和乡亲们！同学们，是不是？

众学生：是！

蔡和森：马先生，您先坐。同学们，现在教室里也暖和多了，我们继续上课？

众学生：好！

蔡和森：周敦颐，字茂叔，号濂溪，是我们湖南道县人，北宋著名哲学家，是理学学派的开山鼻祖，其创立的理学学派在中华文化思想史上占据极高的地位。但其人一生淡泊名利，不求闻达。黄庭坚说他“人品甚高，胸怀洒落，如光风霁月”。这篇传世佳作《爱莲说》恰恰是他洒落胸襟所投射出的精神折光。发力同学说得对，这篇文章确实写了三种花卉，但三种花卉中，作者并不一视同仁，却更独爱莲花。因为正像灵运同学说得那样，作者只是把莲花的品性，具体而又详细地描画了出来。

是不是发力同学？

孙发力： 是。

蔡和森： 莲花是文人们自古以来喜欢歌咏的对象，但大多数人只是惊叹于它的清姿素容。本文却独辟蹊径，把笔端更瞄准了莲的优秀品格。灵运同学，你说的“出淤泥而不染，濯清涟而不妖”等只是莲花的品格吗？

唐灵运： 老师，不是莲花，难道还是菊花或牡丹的？

王仁达： 老师，我知道，这些优秀品格，明里是写莲花的，但暗里却是写人的，或者我们可以这样说，是写周敦颐本人的。

蔡和森： 仁达同学说得好。名义上写物、物性，其实写的是人、人性，这是我国古代文人建构文学意境的常用手法。这种手法还有一个漂亮的名字，叫“比德”。

王仁达： 比德？对！就是比德。老师，我懂了。

众学生： 老师，我们懂了。

蔡和森： 那么这篇文章的主旨我们该如何概括呢？

颜昌颐： 老师，我认为，这篇文章的主旨是通过对比，写出和歌颂了莲花的优秀品格，从而表现出了作者洁身自爱的高洁人格和洒落胸襟！

蔡和森： 昌颐同学说的就是我要说的，洁身自爱的高洁人格和洒落胸襟是一个有为青年必须具备的修养，我们来到这里学法语，学技工，是为了赴法求学救国救民，己身之修养万不可靡费呀！

［齐先生上。

齐连登： 蔡，蔡先生，出事了……

蔡和森： 怎么了老齐？

齐连登： 打架了……

蔡和森： 你先坐下喝口水慢慢说！黄进一他们呢？

齐连登： 他们……欸！他们回来了！

［黄进一、芝子上。

蔡和森： 到底怎么回事？

黄进一： 我就看不惯这种恶少欺负人！

蔡和森： 你先别说了！同学们，我们先下课。齐先生，到底怎么回事？

齐连登：唉！事情啊，是这样的。我们到莘桥集上，看好了一百斤白菜，这正过秤呢，芝子不知从哪里跑过来，说闫麻子带人欺负她们。我一看果然是这个恶少，他带着闫三就追过来，嘴里还嚷嚷，说齐家欠他家三十元大洋，不还不行，没钱就得有人，非要芝子跟他走不行。芝子不搭理他，他就指使闫三当众动粗。集上虽然人多，可没人敢说话。

黄进一：我们不能容忍这种恶势力猖狂下去。

齐芝子：蔡先生，这闫家骐是我们这儿出了名的恶霸啊！

齐连登：蔡先生，您是有所不知啊！这闫家骐在任丘那边“清义会”里做二当家的，潴龙河两岸百十里地没人敢惹，黄同学他们当众揍了他的独生少爷，我想，这老小子轻易不会善罢甘休。

王仁达：真是怕什么事就有什么事，我们出门在外的，怎么还惹上地方帮会了呢？这强龙不压地头蛇呀！先生，要不我们先回保定躲躲？

蔡和森：王仁达！你安静。同学们，大家安静！

蔡和森：齐先生，芝子怎么会跟闫家骐有瓜葛？

齐连登：咳，我也只是听说。当年芝子她爹娘去法国的时候，急用钱，不知怎么的就借了他闫家的高利贷，好像是十五块大洋吧？

芝　子：我听奶奶说是十块。

蔡和森：多少无所谓，有数就行。十五块大洋，那个麒麟！你们先等我一会儿。

众　人：什么麒麟？不知道啊！

闫　三：这人可真不少啊，那两个湖南小侉子呢，给我出来！

黄进一：干什么？人在这儿！

闫　三：跑得还挺快，打了人还这么神气！听我家少爷说！

闫麻子：该钱，还钱；打人，赔钱；没钱，有人！

齐大娘：闫少爷！闫少爷！那钱不是，不是说好了，今年年底还上嘛！

闫麻子：该钱，还钱；打人，赔钱；没钱，有人！

闫　三：嘿，我说你个齐老婆子真是老了嘿，这钱那去年年关的时候就该还上的！

齐连登：闫三，有你这么说话的？闫少爷，这是学校，有事请你们到学校办公室谈……

闫麻子：打人，赔钱；该钱，还钱；没钱，有人！

闫　三：我说齐先生，这话你可说了三年了，那个湖南小侉子可是你学校里的学生，你学校里的学生打了我们家闫少爷，你们学校啊得有个说法！

［高怀德、二警察上。

高怀德：肃静！什么乱七八糟的，本警长现受理闫先生所报被不法分子当众侵害一案，李通、王群给我把这两个湖南小子，还有齐老太太等带回警局……

闫麻子：我来代劳！

闫　三：你给我撒开，撒开！

颜昌颐：住手！

高怀德：谁敢抗法？

黄进一：你！你助纣为虐！

众　人：对！

蔡和森：大家都冷静！高警长，我跟你去！

［小熊上。

熊信吾：蔡先生，蔡先生，你，你不能走啊！！！！

［小熊差点晕倒。

众　人：小熊！小熊。

蔡和森：大家不要慌！昌颐你去拿一块沾水的毛巾来，他这是发烧的温度太高了，我们解开他的衣服，擦一擦他的前胸和后背就没事了。

马二宝：先生，要不要把村里的看病先生请来？

齐连登：是呀，先把看病的先生请来吧？

蔡和森：先不急。

蔡和森：小熊，你放心，这儿有我呢。同学们你们先把小熊扶到里屋去休息。高警长，我是蔡和森，是李石曾先生聘任的留法工艺学校的国文教员兼湖南班班主任，这几十人的管理我是直接负责人。

高怀德：哦？原来是蔡先生，久仰久仰。今儿这事怎么说，先生的高见是？

蔡和森：据我了解，事情的原委不过是一债务纠纷，我的学生鲁莽出手，致人伤痛，确实过失，但石穿水流，草动风声，他们书生逞拳，也是事出有因。

闫麻子、闫　三：哎，你打了人你就该赔钱你！

高怀德：你们先听先生讲下去嘛！请说下去。

蔡和森：所以我主张，此事不宜大动干戈，宜协商解决。

高怀德：哦？着哇！还是蔡先生评断得公允。高某不才，出个方法，你们两家听清，齐家债款本利相加合该二十五块大洋，学生不当伤人，赔付合该五块大洋。闫少爷！你怎么说？

闫麻子：高警长，我可是好人呐。该钱，还钱；打人，赔钱；没钱……

闫　三：有人！

高警长：齐老太太，你怎么说？

齐大娘：高警长，闫少爷，二十五块大洋我们认账，不过可不可以再……

闫　三：我说齐老太太，你呀就是倔，我不是说过嘛，其实你要是让你芝子姑娘去我们闫家去享受荣华富贵，这钱不就清了嘛。

齐大娘：闫三，你住口！你要是再胡吣，我六十的人就和你拼了！

闫　三：恼了是不？可这钱？

蔡和森：高警长，就拿这块麒麟抵债吧！

颜昌颐：先生，这块麒麟是你们蔡家的传家宝！前年在岳麓山刘家台子，毛妹子蔡畅都病成那样了，为抓药也没舍得把它当了，这次来北方，太夫人特地让您带上躲灾辟邪用的。无论如何，我们也不能动它！

蔡和森：你别说了，就这么定了！

齐大娘：蔡先生，我们齐家的事，怎么能让你这么管哟？

芝　子：先生，奶奶，你们不用管了，大不了，大不了我跟他们以死相拼！

黄进一：走，去警局。同学们不用怕，邪不压正。

蔡和森：你别说了！

马二宝：段校董回来了

［段校董上。

段宗桐：蔡先生！我把煤拉回来了！

蔡和森：段校董，你辛苦了！

段宗桐：齐先生，请你帮忙张罗一下，在各屋立即生火！

齐连登：好！我马上去准备！

段宗桐：好！有劳。

［齐连登下。

段宗桐：高警长、闫少爷，请恕段某事务繁忙，你们这是……

高怀德：啊，段校董，你不在的时候……

段宗桐：不用说了，我刚在街上也听了个大概。不过呢，敝人不才，蒙石曾先生和大家的信任，忝任学校校董一职，成绩没有，问题不少，些许事件，一概为敝人德才乏善所致，这些我不日即有个交代以谢各方，万请高警长、闫少爷不要为难蔡先生及湖南诸同学……和森啊，这块麒麟，你还是收起来吧，三十块大洋嘛，可以算在我段宗桐身上……

闫　三：校董，算在你身上？马二宝家的宅基地钱，给人家了吗？

马二宝：闫三，我的事不用你管！

段宗桐：闫管家，工艺学校刚刚起步，经济上确实有些困难，可是学校有责任保证教学事务的正常进行，更有责任保证湖南师生的安全！

闫　三：这人都怎么了？吃错药了都？

［向警予上。

向警予：说了半天，不就是个大洋的问题吗？

蔡和森：警予，你怎么来了？

向警予：和森，我们一会儿说。高警长是吧，这钱你可以拿去公断了。

高怀德：闫少爷！你看好，这确是一张汇丰银行的支票，面值恰是三十元，这银票你就拿走吧！咳咳！段校董，蔡先生，高某例行公事，多多打扰喽，我们走吧。

闫　三：哼，不就是李石曾嘛，我就不信他老这么红得发紫！

闫麻子：打人，赔钱；赔钱，有钱；有钱，没人！

芝　子：呸！

向警予：呦！这姑娘一身正气，我喜欢！

齐大娘：这位女先生，哦不，这位大小姐人品才叫好呢。老婆儿我，今儿算是开眼了，布里村修了什么福分，栽了什么梧桐，竟引来了如此尊贵的凤凰。

向警予：大娘，您过奖啦。

齐大娘：我是说，今儿在场的人多，就请大家都给做个证人。齐家这段老饥荒哩哩啦啦也好几年了，这期间我们老的老小的小里里外外受了不少的苦，我们老齐家上下几代都是老实做人本分办事，祖上的阴德迎来了蔡先生和这位金凤凰。你们，就是我们齐家的活菩萨！芝子、顺子，快来给先生他们行礼谢恩！

向警予、蔡和森：快起来，快起来。

齐大娘：你们记住奶奶的话，但凡有一天你们姐俩儿有能力了，找到天涯海角也要找到蔡先生他们，把这三十块大洋给还上。段校董，就请您做主给立个字据吧！

蔡和森：齐大娘、段校董，这点钱不算什么，八月十五那阵，我们刚到布里，这也有两个月了吧，这期间没有齐大娘、芝子你们给我们缝缝补补，没有段校董和诸位同仁们的操持，没有二宝兄弟送来的自家的火盆，甭说是两个月，就算是一天我们也待不下！要讲立字据，这些该如何立？

向警予：这说明什么，我们之间虽说是湖南、河北，但我们却一见如故，亲上加亲，我们不讲立字据。

蔡和森：对！我们只讲，我们都有一个共同的梦想，这个共同的梦想让我们天涯海角一见如故，这个共同的梦想让我们素昧平生却亲上加亲！总有一天，中华复兴定会梦想成真，这样的日子才是民族独立、国家富强、人民幸福的好日子！

向警予：是啊，要想让人们过上好日子，就得有一个真正为人民当家做主的政权！

蔡和森：这样的日子里，母亲和妹妹们可能还有泪水，但这些泪水绝无半点苦涩和寒凉，都是甜蜜，都是温暖……

顺　子：先生，这也是我们的梦想！

蔡和森：哎！警予，快说说你怎么来了？

向警予：学会要我到北京考察和了解最近留法的新情况，特别让我来看看你和大家。一月前我就先到了北京，在北京大学，我见到了杨先生和毛润之！他们呀向我说了许多全国留法勤工俭学的新情况。前天我动身到了保定，今一早我就租车到了高阳，在高阳，恰巧就遇到了段校董他们。

段宗桐：县城大街上，我们装好煤正要往回走，就见前面的蓝篷车里下来了两位好看的小姐，我们小县城里可不多见这样的好景致，没想到她们一直走到我这里来，问布里怎么走？这不正问着了吗？

众　人：哈哈哈哈……

向警予：高阳的繁华并不亚于保定嘛！

段宗桐：您夸奖，您夸奖。

蔡和森：警予，母亲大人可好？杨先生可好？

向警予：他们都好，你尽管放心。哦，对了，来布里前，润之连夜给你们写了封信。和森，我带来了消炎药和退烧药。

蔡和森：正好，小熊正需要它。

齐大娘：哦，对了，小熊这孩子怎么样了，我们去看看他吧！

众　人：好！

蔡和森：咳咳咳……哦，警予，警予。

向警予：我冷了。

蔡和森：警予……哦，我的大衣给你……

［发现没有大衣。

向警予：大衣呢？

蔡和森：大衣在……

向警予：我知道在哪儿。我渴了。

蔡和森：我去给你端水。

向警予：这水是凉的。

蔡和森：那……我给你换热水。

向警予：你的手冰凉冰凉的。殚精竭虑，救国救民，这是我们的理想和责任。但是，没有健康的身体，可以吗？

蔡和森：警予，谢谢你，你放心，我会保重身体的。因为有了你的爱，我的眼前充满了阳光，因为有了你的爱，我浑身都充满了力量。但是，我们之间总是相隔着千山万水，我让你受委屈了。

向警予：不，和森，是因为这个时代，也是因为我们的梦想，注定了我们的爱情，不是月光下的漫步，更不是爱巢中的呢喃，我们两颗紧贴的心，是注定了要在惊涛骇浪里涤荡，我们的爱，是直指于心，不立于文字的。

蔡和森：警予，你不愧是溆浦女校的向校长，不愧是活跃于南北的革命者，怎么向校长还哭鼻子！

两　人：哈哈哈……

蔡和森：说到溆浦女校，这才一两年的时间，你就把它做得这么有活力，这么有新意了！

向警予：周南毕业后，我下定决心搞教育，但，办溆浦女校花费了我全部的心血，哎，确实是吃了不少的苦，单从办学方面论自己的功过，我，哎，没什么遗憾。

蔡和森：哈哈，那天在橘子洲头演讲中的人生抱负不就实现了嘛！

向警予：不苟言笑的蔡和森怎么也冷嘲热讽起人来了。和森，说正经的，正是做女校校长，我才真切地接触了社会，接触了现实，从自己体会的工作压力中，我深切地感受到了自身的学有不足和才不堪用。和森，我说中国的问题，绝不只是教育问题，教育本身也不堪救国。

蔡和森：请讲下去。

向警予：区区事业一层，我作为女校校长，平常人所视为荣辱得失者，现在看来真不值得一笑。吾辈当求真心得，做真事业！

蔡和森：讲得好！

向警予：好什么好，我这里可对你有许多不满呢。

蔡和森：哦？什么不满？

向警予：今年四月份，成立新民学会，你为什么不在第一时间通知我？五月份，学会做勤工俭学，你为什么也不在第一时间通知我？

蔡和森：工作不是才开展起来嘛，我是想等工作稳定之后，再来邀请你！

向警予：哼，邀请？前几天听说了杨先生那封信的事，我立即从溆浦追到了长沙。到了长沙，葛伯母说你先行北京了，我又立即到了北京。到了北京，板仓先生和元培先生说你先行布里了，我又追到了这里。哎哟，追得我的好辛苦哟！

蔡和森：这才是女中豪杰的真本色嘛！

向警予：哼！和森，我也真担心你的哮喘病，这是我托人从南方带来的蛇胆冰片霜，说是治疗哮喘有奇效，记得每天睡前服一丸。

蔡和森：谢谢你啦，其实病这个东西与人的心之在焉与否有直接的关系，而若心情旁系，意犹他属，病重也只是肤肌之疾，绝难成患为祸与人之主导事业，病也常不治而愈。

向警予：心情旁系，意由他属……是啊，这帮伢子，让你费心啦。

蔡和森：嗨，说实话，操持学会，奔走留法，这些都不足以占据我的心绪，我的心思啊，在世界的北方。

向警予：世界的北方……俄国？

蔡和森：警予，列宁和布尔什维克领导的这场苏维埃式的革命，说不定正是你我的真心得，真事业啊！

向警予：那是去年初冬时候的事吧？

蔡和森：是呀，如今苏维埃正在经受着国内反动残余势力和各国敌对势力的围剿，情势相当危急，这场战争从某种意义上讲绝不仅关系一个新生政权能否长久的问题，它还关系到世界上所有被压迫的人群和民族能否找到自身出路的问题。

向警予：哦？

蔡和森：在北京告别大钊先生时，他为此寝食不安，这也有两个多月了，我们这里没有一点这方面的消息！

向警予：欸！和森，你等一下。这是昨天我在保定买的一张大公报，你看这里。

蔡和森：俄国察里津会战，哥萨克军团进军受挫，国际同盟全线溃退，反俄规划失败。哈哈哈，这是真的！这是真的！世界上所有被压迫的人群和民族有了梦想之路了，将来我们不仅要去法国，还要去俄国。到时候我们和少年中国的青年们一起去追寻我们的梦想！

向警予：和森，那我就一路追随着你！

蔡和森：警予！

向警予：和森！

［拥抱。

［众人上。

黄进一：报告，老师，我们什么都没有看到。

顺　子：哎，蔡先生，他们不诚实，他们都看到啦！

齐大娘：哎呀，你小孩子家家的，懂个啥。

顺　子：不，我懂，蔡先生和向先生不是……

齐大娘：哎呀，这个……

众　人：哈哈哈……

向警予：对了，孩子们！我给你们带来了御寒的围巾！

众　人：围巾？

向警予：是啊，前天我刚要动身来保定，贵校的沈宜甲先生找到杨先生处，说你托他买的毛围巾已经办妥，因一时无法送回高阳，正四处求人呢，这不，就遇到我了。

顺　子：围巾呢？

向警予：别急，就在那儿。

顺　子：走！大家跟我拿围巾去。

蔡和森：警予，这些毛围巾全赖你一路辛苦为我们带来，真是辛苦你啦！

向警予：不辛苦。

向警予：和森，你辛苦了。

蔡和森：警予，我也给你带上。同学们，今年夏天，我从长沙一路乘船到武昌，准备北上专办留法求学一事，路过洞庭湖时曾吟诗一首，大家想不想听啊？

众　人：想！

大陆龙蛇起，乾坤一少年。

乡国骚扰尽，风雨送征船。

世乱吾自治，为学志转坚。

从师万里外，访友入文渊。

匡复有吾在，与人撑巨艰。

忠诚印寸心，浩然充两间。
虽无鲁阳戈，庶几挽狂澜。
凭舟衡国变，意志鼓黎元。
潭州蔚人望，洞庭证源泉。
［幕落。

周永战

周永战，男，1966 年生，雄安新区雄县人。1988 年 7 月毕业于保定师范专科学校中文系。

他早年从事高中语文教学，后又进入法院工作。谈到文学写作，他并没有经过专业的学习和培训，用他自己的话说是自己就是一个“素人”。与文学结缘，始于他喜爱藏书，家中有民国及红色经典版本几千册。而为证明自己不是吃“素”的，他开始尝试写作，其文章散见于《藏书报》《保定日报》等报刊。雄安新区设立，国家大事，千年大计，他深受鼓舞，为保存民俗文化，时常在“雄安新区热点”发文，其文章主要写旧时风物与家乡美食，作品有《雄县老豆腐》等。

作品选读：

雄县老豆腐

在老豆腐前冠上地名雄县，是因为雄县的老豆腐有别于其他任何地方的老豆腐。它的特别之处一是豆腐工序多，做得细致，状如脂玉；二是调料种类多，味道丰富，与众不同。这使得雄县老豆腐多年来形成了自己独特的风味，成为一种地方名小吃。

张晓东

张晓东，笔名冬青树，曾用网名唐诗佐酒向天吟、花影一帘鸟在天、翰林等，男，1968 年生，雄安新区雄县人。教师，雄州诗社副社长，雄县文学协会副主席，河北省作家协会会员，中华诗词学会会员。

童年时期，张晓东边上学，边拾柴打草。炎炎夏日的晚上，他和伙伴们经常围坐在院子中央的大槐树下，听爷爷讲三国，听奶奶讲传说。那一招一式，那精彩的故事，直到现在还在他脑海中萦绕。这就是他最原始的文学启蒙了。

真正接触文学并埋下文学的种子的时间是 1983 年的春末夏初。当时韩映山来雄县讲座，那可是雄县文学的一件大事。他知道，韩映山是荷花淀派的重要一员，文笔清秀隽永，于是课下就央求语文老师带他去听讲座。老师终于答应了，他那高兴劲儿就别提了。现在回想起来，讲座的内容虽没留下太多印象，但他依然清楚地记得韩映山五十岁左右的样子，说话很儒雅。在他的潜意识里，韩老师是荷花淀派的大家，自己也是白洋淀畔的人，也喜欢白洋淀，将来也要写白洋淀。

真正给他触动的，是初三时。初三每次放学，他都去同村一位远房叔叔家，看他画画。那位叔叔未成年时，父母就去世了，自己一个人生活。寂寞与艰辛，让那位叔叔对生活有了独到的感悟，他先是把自己的情感写成诗，发泄内心的苦闷；后又学起画画，在水墨中揉入岁月的沧桑。张晓东每次都和他交流好久，虽然他当时没有写作的想法，但那位叔叔却给他涂上了一抹文学底色。

走上工作岗位后，他一直在贪婪地读书。他认为，阅读是与他人灵魂的交流，写作是与自己灵魂的对话，无论是阅读还是写作都是一次次灵魂的洗礼。

一个偶然的机会，他接触到了文学上的引路人——张贺明。张贺明诗词、散文、小说俱佳，犹擅古体诗词。他倾其所有，毫不保留，使张晓东感悟到文学可以使生命踏上温暖的归途，像呼吸一样自然。生活是最好的老师，对生活有深刻感悟的人，才会写出有温度的文字。从此他走上了文学之路。

张晓东以诗歌的形式记录生活，现代诗和旧体诗可谓兼长。此外，他还组建了“荷韵清风”文学社，孜孜不倦地引领和帮助文学新人，带动更多的人热爱诗词，共同推动诗词的写作与发展。

张晓东有诗词、散文二百余篇散发在《光明日报》《党建》《中国教师报》《河北教育》《唐山文学》《保定晚报》《小学生必读》《荷花淀》《乡土诗人》《燕赵诗词》等刊物上，并多次获奖。2016 年 6 月，由现代出版社出版诗文集《荷韵清风》。

作品选读：

沁园春·寄韵雄安

瑰丽瓦桥，迤逦长堤，垂柳凝烟。想碧汉层虹，衔云吞月；望山云树，挟风抚莲。对峙双峰，蜿蜒战道，铁马金戈卷巨澜。凭栏望，忆千年一梦，热泪湿衫。

雄鸡唤醒春天，喜大淀披金又扯帆。看江南水镇，迁移淀畔；中国硅谷，落户门前。毓秀山川，蓝绿交织，阡陌依依换旧颜。诗心在，驾长风破浪，寄韵雄安。

游白洋淀

(一)

苇隐鸭群布谷鸣，寻诗进淀桨声轻。

野花竞放
时而有声
溪水流淌
……
乡愁啊
不仅仅是魂牵梦绕
已牢牢地印在了
游子的基因上

回头望月

“回头望月”是一匹马的名字，这匹马来自美丽的锡林郭勒盟大草原。它的父母辈长什么样子，没有人清楚，只清楚地记得它是 20 世纪 70 年代初，县政府奖励给我们村我们生产队的。当队长把它弄回家的时候，大家欣喜若狂。因为在农耕时代，得到一匹马，还是一匹来自草原的马，那高兴劲儿不亚于现在奖励了你一辆“宝马”牌轿车。

“回头望月”，骒马，来时刚两颗牙，眼眸清澈透亮，一身火炭红，油亮中泛着光。与其他马不同的是，它的鬃毛全是弯曲的卷毛，右后腿上方的屁股上砸着号，左后腿上方的屁股上长着一弯白色的月牙儿。这匹马习惯性地望左后方看，于是得名“回头望月”。

“回头望月”刚到我村的时候，头戴红花，脖子上戴着威武铃，鞍鞴雕环，甚是威风。

“回头望月”经过几天的休整，就该套车干活儿了。也许在草原上自由已久，刚开始时，它表现得极为凶悍。

一日上午，车把式小王把它牵了出来，打算套车下地干活儿。刚牵出来，“回头望月”一个响鼻儿过后，昂着头，拽着小王就像拽着一个铃铛一样，一撒欢儿，就跑向了村东那一望无际的田野。

大家都替小王捏着一把汗，关键时刻，还是队长机警的一声“快追”，才把大家从惊呆的神色中唤了回来。几个车把式拿着大绳、杆子，飞身上马后朝着“回头望月”奔跑的方向追去。

大家一直追到村东南三公里外的六郎堤处，才追到“回头望月”。被“回头望月”甩在田野里的小王，坐在田野里喘着粗气。事后小王想，有可能是“回头望月”把村外绿油油的麦田当成了一望无际的草原了，才降下了速度，悠闲地散起了步。再加上小王才十八岁正当年，身体利落得很，才躲过了一劫，否则，早已经出大危险了。大家分散开，用大绳和杆子把它圈住后，才把它弄回到生产队。

几十年后，已经是六十几岁的老王每每说起这一段故事时，都是心惊肉跳的。

有了上一次的教训，大家对“回头望月”都格外小心。老李，是一个有着三十年经验的车把式，对使用牲口颇有心得。一次，老李把“回头望月”套在碌碡上压炕坯，让它拉长套，还特意给它戴上嚼子、锁子、龇牙子，长鞭一拿，料也出不了什么问题。谁知刚走了两圈儿，“回头望月”边走边打响鼻儿边不停地侧着身尥着蹶子，“啪啪啪”连珠炮似的。老李又是勒嚼子，又是抽鞭子，都无济于事。几圈儿过后，“回头望月”左屁股那一弯月牙儿的上方硬生生地被磨出了一道挺深的沟儿。

晚上，车把式、饲养员联合起来向队长汇报了“回头望月”的种种劣迹，队长决定把邻村的兽医老韩头请来，调教调教“回头望月”。

老韩头，留着山羊胡，瘦小精干，兽医世家，医术高明，尤擅牲口点穴术，在四村八邻中享有极高的声誉。

第二天，老韩头如期而至。他走到“回头望月”身边，伸出如钢钩一样的手，围着“回头望月”转了两圈儿。只见老韩头的手在空中一挥，便朝“回头望月”的腹部点去。“回头望月”应声栽倒在地，还呻吟了几声。大家在老韩头的指挥下，快速用锁链给“回头望月”的四条腿捆上锁好。这下“回头望月”纵然有千般本事也无法施展了，只好乖乖就范，戴着枷锁好好地干活儿了。

就这样，“回头望月”戴着枷锁干了将近有一年的活儿，那凄惨劲儿令人心酸。车把式小王心想，这还不把一个好端端的牲口给毁了，思前想后，他冒出了一个大胆的想法，就是要把“回头望月”的枷锁去掉。

说做就做，晚饭后，小王找到队长，死说活说，连立保证带立军令状的，总算说通了队长。队长决定把“回头望月”的枷锁去掉并交给小王使用。

第二天，小王早早地来到饲养点，第一时间走到“回头望月”旁，用手抚摸着它的头，把手中的粮食放进它的嘴里。趁着它咀嚼粮食的时候，小王快速地把它身上的枷锁打开拿掉，然后把它牵出来，在院子里遛了一会儿。“回头望月”接连打了几个滚儿，站起来，打了一个响鼻儿，抖了抖身上的卷毛，好像精神了许多。当小王再抚摸它的头时，它的眼神里闪着从没有过的光。

经过小王一个多星期的调养，“回头望月”的毛又亮了起来，忧郁的眼睛又开始放光了。冬闲时，村里修缮地里的水利设施，队长让小王赶着“回头望月”一起去山里拉石头。一来二去的，他们配合得非常默契。“回头望月”不仅力气大，而且还认路。小王在车上可以睡觉，“回头望月”从来都不迷途，总能沿着原路往返。

有一天中午，他们休息，小王发现自己带的干粮不见了，周边几十里路没有一个村庄，又饿又急。“回头望月”似乎感受到了什么，硬是自己中午也没吃草料，拉着小王跑了几十里路，赶到小镇上才买到了食物。

他们俩配合得越来越默契，一年后，“回头望月”生下一个小马驹儿。小马驹儿和它妈妈一样水灵。

又一年后，村里的副业搞得风生水起，队长见小王很能干，又把“回头望月”训得服服帖帖，便把小王调到了村里的副业组。“回头望月”就交给了另一个车把式老张使用。

小王走的那一天，抚摸着“回头望月”的头，“回头望月”眼里流露出一种渴求的光，还用舌头舔着小王的手，那个不舍劲儿就甭提了。

老张接过“回头望月”后，和使用其他牲口一样，连拉带打带训斥，“回头望月”的眼神就又有些不对了。

一次，下地干活儿回来，老张开始卸车，刚拿下套板儿，还没拿下嚼子、锁子，“回头望月”就“嗖”的一下蹿了出去。一声暴叫，一个立桩，两只前腿像手一样，只“噌噌”几下，嚼子、锁子、笼头就掉了下来，然后开始了狂奔。

经过这次后，老张想了一个办法，你还甭说，还真起作用。又一次下地回来，卸车前，老张给“回头望月”戴上了眼罩。卸了车，“回头望月”一如以前一样又开始了狂奔，不料还没跑几步，一下子就撞到了墙上。顿时，“回头望月”满脸都是鲜血。有了这一次教训，不管是谁，只要给“回头望月”戴上眼罩，卸车时，怎么拉它都不动地方。

这一回，“回头望月”惹大祸了。

一天中午，卸车后，“回头望月”照例在槽前吃着草，左边是它下的小马驹儿，右边是和它关系较好的一匹马。一会儿，它下的小马驹儿不知溜到哪儿去了，再往左的一匹大青骡凑了过来，偷吃了一口“回头望月”槽子里的草。正是这一口草，激怒了“回头望月”。“回头望月”朝大青骡尥起了它那惯用的连珠炮一样的蹶子，全部踢在了大青骡的肚子上。不大的工夫，像铁塔一样的大青骡便栽倒在了地上。

大青骡可不得了，比“回头望月”高了整整一头，健壮无比，力大且有耐力，年轻时，立过赫赫战功，解放太原时拉过炮车，完成过许多难以想象的任务，退役后，作为功臣，头戴红花，被政府敲锣打鼓地送到了生产队。

“回头望月”踢倒大青骡后，队长、饲养员、车把式、兽医风一般地赶到饲养点。大家把大青骡扶起来时，大青骡嘴里还喘着轻微的气息，不一会儿就闭上了眼睛。大家把大青骡解剖后，发现肋叉子折了好几根，满肚子都是血水。

饲养员不干了，队长不干了，大家七嘴八舌地说着怎么处置“回头望月”。因为事情严重，影响巨大，于是队长在晚上还专门召开了全体社员会。大家讨论的结果是，鉴于“回头望月”的种种劣迹，有可能还会伤到其他人，为安全着想，明天就要把“回头望月”杀掉。

在会场里听会的小王急了，心想，“回头望月”可不是你们说的那样的，怎么能把“回头望月”杀掉呢？他站了起来，壮了壮胆子，清了清嗓子说：“求求各位乡亲们了，不要杀了它，‘回头望月’是不会伤人的，给它一条生路吧，反正大青骡已经死了。”

在小王近乎哭泣的哀求中，再加上小王在生产队里的优异表现，队长网开了一面，决定把“回头望月”卖掉，至于买家是杀是留，只能听天由命了。小王还想说什么，但在队长犀利的眼神中还是坐了下来。

第二天，小王早早地来到饲养点，边抚摸着“回头望月”的头边和它说话，“回头望月”好像一个犯了错的孩子一样，任由小王呵斥。

不一会儿，买家来了，一个满脸长着横丝肉的中年男人，身上散发着牲口肉的腥膻味。“回头望月”只看了一眼，用鼻子一闻，浑身就一阵儿哆嗦。小王第一次从“回头望月”的眼神里看到了恐惧的目光。

中年男人牵着“回头望月”走了。到了村外，“回头望月”边走边回头，还不停地嘶鸣，不知是看自己身上的月牙儿，还是回头看身后田野里绿油油的像大草原一样的麦田。小王一声喊，“回头望月”一回头，一声嘶鸣。小王喊了几声，“回头望月”就回了几次头，嘶鸣了几声。“回头望月”就这样走了，消失在了茫茫的原野尽头。

“回头望月”啊“回头望月”……

张德强

张德强，男，1969 年生，雄安新区雄县朱各庄镇小谢村人。现为保定市作家协会会员，雄县作家协会、雄县文学协会主席。

河北定兴师范学校毕业后，张德强先后担任小学语文教师、初中语文教师、中学语文教研员、教师发展中心副校长。在任初中语文教师期间，为了激发学生的写作兴趣，他与学生一起写作，这也开启了他自己的文学创作之路。处女作《五畦豆角》发表在 1995 年的《保定教育报》上。随后在《河北教育报》《保定教育报》上连续发表散文《迟开的葵花》《讲台》《第一次经商》等。

后来，张德强持续创作，主要作品有：刊发于《唐山文学》的散文《怒放的蒲公英》《杨树花》，人物通讯《草书劲舞浓墨情》，小小说《化验单》等。另在《河北日报》《河北经济日报》《保定日报》《保定晚报》及新华网、中新网等媒体上发表人物通讯及新闻稿件近百篇，在自媒体企鹅号“明月之光”及微信公众号“雄安新区热点”上发表文章二百余篇。

张德强认为，文学的力量在于以美的文字感染人、启迪人、教育人。所以，他的写作多关注那些虽然常见、质朴但美好的事物和情感，旨在突出文学的美感，净化人的心灵。

小　王：姐，咱爸的化验结果出来了，其他指标都正常，就是血糖太高，标准值六点一，咱爸到了十点五。

姐　姐：先别急，血糖的一次化验结果有时不一定准确。明天带老爸再去化验一下，看看结果再治疗也行。

小　王：嗯。明天我带老爸再去查一下。

场景二

时间：周日下午四点

地点：县医院

［小王在化验室找到老爸的化验单，一看上面的血糖指标为五点零，疑惑地去找大夫。

小　王：大夫，我爸的血糖昨天验着是十点五，怎么今天验着是五点零呢？

［大夫接过两张化验单，对比了一下，发现年龄一栏一张是五十七岁，一张是五十六岁。

大　夫：你爸是五十七岁还是五十六岁？

小　王：虚岁五十七，周岁五十六。

大　夫：把你爸的医疗卡给我。

［小王递医疗卡，大夫在电脑上刷了一下。

大　夫：你爸是五十六岁，那张五十七岁的化验单不是你爸的。两个人同名同姓，你取错了。

［小王惊讶之余，脸上顿时露出了笑容，赶紧给姐姐打电话。

小　王：姐，昨天的化验单拿错了，那个人与咱爸同名同姓，年龄还只差一岁。咱爸的血糖五点零，很正常。

姐　姐：嗯，以后干事别老这么粗心。

［小王又给哥哥打电话。

小　王：哥，昨天的化验单拿错了，那个人与咱爸同名同姓，年龄还只差一岁。咱爸的血糖五点零，很正常。

哥　哥：啊，没事好，那以后也得多注意点儿。

村东的那条小河

我的家乡在雄安新区雄县的小谢村。过年回家，我去老同事家串门，在抄近道步行路过村东那条小河时，它引起了我诸多感慨。

如今的那条小河虽然早已干涸，但河道的痕迹还是比较清晰的。过河沟时，需要先下一个大坡，然后走过一段稍高出周围的崎岖小路，再爬上坡，就来到河对面的同事家。

20 世纪 70 年代末，我上小学三四年级时，这条河里不但有水，而且水还很深。不过这是一条封闭的断头河，从北到南长不过五百米，东西河宽不足百米。就是这样一条小得不能再小的小河，却成了全村人，特别是男孩子们的游乐天堂。

夏天刚刚到来，中午和傍晚，男孩子们便利用放学的时间三三两两相约到小河里去洗澡。大的带着小的，会水的拉着不会水的，胆子大的拉着胆子小的，河里、河边到处是人。会水的在河里游来游去，比谁潜水时间长，比谁一个猛子扎得远，或撩起水来击打对方。不会水的就在河边水浅的地方来回扑腾，学着游泳的姿势，但一直不敢往水深的地方去。孩子们互相说笑、互相打闹，尽享快乐。

为了安全，有的家长管着孩子不让去河里玩儿，老师则更是要求不许去河里洗澡。但孩子们总是想着法儿地骗过大人、躲过老师，偷偷去河里玩耍。我的小学老师慈爱之中也不乏严厉，每天下午我们到校后，她都要让我们几个男生伸出胳膊，她用指甲轻轻划过，谁的胳膊上能划出白印儿的，就能确定谁是刚从河里洗澡回来的，谁就要被罚站，或被斥责。

“一九二九不出手，三九四九冰上走。”到了冬天，河水结冰，冻结实了的冰面又成了孩子们的另一个乐园。我们缠着大人或哥哥、姐姐，钉一个冰床子，尽管在冰面上会摔很多跤，有时还会摔得鼻青脸肿或屁股生疼，但依然乐此不疲，一有时间就会呼朋唤友去滑冰，棉靴子从外往里湿个透，也从不嫌凉叫冷。到家后，妈妈责怪归责怪，还是会把湿透了的棉靴子放在炉火边烤干焐热。

后来，随着天气越来越旱，而且地下水用得越来越多，村东那条小河的水面越来越小，最后只剩几个深坑存有一洼泥水。在没有完全干涸的坑底，偶尔还能挖到几条泥鳅，回家让妈妈做熟，也算是不错的美味。可惜，很快小河就彻底干涸，只剩下一个个废坑。

最近，从史书上得知，家乡村东的那条小河原来名叫芦僧河，清朝康熙年间为了缓解永定河的水患才开挖的此河。小河经过现在属于白沟新城的芦僧村，从我们村西北流入，在村东北转向南流奔村东南，这样就与西王槐村隔河相望，并曾有一木桥跨越河上。小河一直往南流向涞河村东，然后转向东流到望驾台村东北，再转向南流，在道务村北又转向东，穿胡各庄村而过，经洪城村南流入茅儿湾。

如今，芦僧河全线淤塞，只留有部分坑痕，但沧桑的历史记载着这条河的点点滴滴。家乡村东的这条小河也深深地植入我的记忆之中，久久难忘，久久难忘……

丁 波

丁波，笔名“山上的云”，女，1970年生，雄安新区雄县口头村人。雄县中学语文教师。自幼爱好文学，学生时代即有作品刊录于校内外杂志及《白洋淀风情录》等图书。曾获新城县报告文学比赛第一名、雄县“母亲节”征文比赛第一名等成绩。在《西青日报》等报刊发表散文十余篇。

作品选读：

献给海子

海子，你是一个迷路的海子
因为贪恋海边的贝壳找不到回家的路了吗
还是沉浸在花香中，在理想的路上越走越远
是诗歌的天堂太美吗
甚至让你不肯回望一眼
满眼泪水白发苍苍的妈妈

海子，我想说
理想的星星照不亮整个世界

主要作品：《北京女孩儿的17个伴侣》《极品相亲记》《九转玄功》《杀手老婆》《千万别惹我》《都市逍遥医仙》等长篇小说。这些作品主要发表在17K文学、汤圆创作、腾讯文学、网易云阅读和阿里文学等网站。另有数百篇新闻评论、散文、杂文、纪实文学等。

网络使韩旭峰开启真正意义上的写作，虽然有不少成果，但他认为自己还称不上作家，只是一个写手。

作品选读：

找 乐 儿

老林退休了，从朝九晚五的忙碌到整天无所事事，一时间有些不大适应。

老伴儿看老林心情郁闷，整天跟电视做伴，就劝他多出去走走。

“你看广场上有跳舞的，有打球的，还有下棋的、打拳的，你就不会跟着大伙练练？”老伴儿提前退休，参加了老年旗袍协会，对于娱乐倒是很有经验。

老林想想也对，既然已经退了，当然就得寻找退休以后的乐趣，于是就到广场上，随着一帮人学扭秧歌。

扭了几天，老林与大家都熟识了，偶尔与大家一起吃个饭，一起唱个歌，一起聊会儿天，日子过得一下子充实起来。

老伴儿对老林的变化也挺满意，说：“怎么样？老来乐老来乐，老了就得自己找乐儿。”

老林连连点头，说：“就是，不上班，现在这日子也挺好。就是这扭秧歌的人杂，什么人都有。”

“那当然了，这不比你上班，自然什么人都有，”老伴儿随口说，突然想到老林这话似乎有点问题，马上追问，“这秧歌队里还有什么事儿不成？”

老林说：“嗨，别提了，我才去几天就听说，有两个扭秧歌的扭着扭着就给扭到一块去了。”

老伴儿一听，脸立刻沉了下来，说："这扭秧歌的人可真不要脸！明天别去扭秧歌了，找点别的乐子。"

老林应了一声，心中暗自好笑，扭到一块的是别人又不是他，老伴儿还真事儿多。

广场舞在广场上自然是最吸引眼球的了，老林有了扭秧歌的底子，学跳广场舞轻车熟路。

跳了几天广场舞，老林发现了问题，有个半老徐娘和几个半老头子一边跳舞一边眉来眼去。

回到家吃饭的时候，老林不经意间对这几个人物进行了评价，结果引得老伴儿差点把碗摔了。

"从现在开始，再也不许你去跳广场舞了！都是什么东西？"

老林不由暗自感叹，这嘴真是没有把门儿的，这样的事怎么能对老伴儿说呢？

"不止广场舞不能跳了，鬼步舞也不能跳，其他的舞也不能跳！"老伴儿继续命令说。

"那我玩点什么呢？"老林无奈地问。

"去打太极拳。"老伴儿下了令。

老林苦笑，只好乖乖听从老伴儿的安排，参加了广场角落里的一个老年太极拳队，每天早晚伸胳膊踢腿，倒是也自得其乐。

晚上吃饭的时候，老伴儿沉下脸问："老林，听说你们练太极拳的出了花事了？"

老林一愣，心说什么叫花事？

"我听说，有一个练太极拳的丑八怪和教练练到一块去了？"老伴儿说。

这都哪儿跟哪儿啊？老林暗自直摇头，广场上有好几帮练太极拳的呢，大家各练各的，他可没有听说哪个教练和学员练到一起的！

"不管怎么说，以后不许去练太极拳了，省得跟什么丑八怪练到一块去！"老伴儿下了命令。

"秧歌不让扭，广场舞不让跳，太极拳不让练，那你让我干什么？"老林有些不满地说。

“你在家里看看电视……”老伴儿想了想，“要不……去下棋吧，锻炼脑力，省得患上老年痴呆症。”

老林无奈，只得去广场上寻找下棋的人群。

到了这里老林笑了，或坐或站，无论是下棋的还是观棋的，有老年人也有年轻人，竟然一个女性都没有。

有曾经的舞友看到老林，故意逗他说：“老林，你先扭秧歌再跳舞，现在跑到这里下棋，是不是你老伴儿吃醋啊？”

老林严肃地点头，说：“吃醋也是一种乐儿啊，没有醋调剂，那生活还有滋味吗？”

李伟华

李伟华，笔名素心，女，1973年生，雄安新区雄县人。中学高级教师，保定市作家协会会员，雄县文学协会理事。

李伟华是一个喜欢安静的人，喜欢走进自然凝眸静思，感受生命的跃动和美好；喜欢在安静中朗诵吟哦，透过文字沟通古今、与心灵对话。因此，李伟华学生时代即醉心于将世间烟火、心底情愫等诉诸笔端。李伟华1992年开始从事初中语文教学工作，2012年通过竞聘担任雄县教师发展中心初中语文教研员，专注初中语文教学研究，指导、组织学生写作。她发现教学和文学的追求在某种程度上说是一致的，那就是播撒阳光、唤醒心灵、根植美好。因此，在工作之余，她喜欢走进花草山水间写下生活中的感悟。

李伟华主要散文作品有《我的恋书情结》《倾心文字》《天凉好个秋》等。

另有多首诗作，如现代诗《我是雄安人》《我们的树林》《山花》《秋叶》等，古诗《咏荷》《游白石山》《颂英魂》《雨后三章》《七夕感怀》《春雪》《端午》《清河春行》等。

李伟华还在一些网络交流平台推出作品，如现代诗《咏月》《如果》《你是一缕霞光》《梦里梧桐》《细雨微凉》《牵挂》等，散文《秋恋》《海之梦》《雪中情》《体味幸福》等。其中现代诗《咏月》和散文《秋恋》曾在网络征文中获奖。

作品选读：

如 果

如果有来生
我愿是一朵白荷
在阳光下嫣然绽放
在月夜里悄然垂落
风来
伴着田田的叶起舞
雨过
听游鱼细细地诉说

不去奢求
牡丹的雍容华贵
也不会艳羡
枝头鸟雀的高歌
也许
生命只有半个夏天的绚烂
也许
生活就只是这小小方塘中的一抹素色

这，都没什么
我自有我的快乐
流水是我的低吟
莲藕是我的收获
还有

那婷婷的茎秆里
藏着的一颗小小的心
简单而执着

山　花

车在向前奔驰
你静默在山崖中
当我的目光与你接触的刹那
心被彻底惊醒……

只是那么一丛一簇
或纯白，或粉红
明明灭灭地闪烁
迎着瑟瑟秋风

没有叶的陪衬
你依然如此夺目
没有辛勤的浇灌
你竟开放得那样从容

你是大山的眼睛么
微风过处
现出明眸善睐的风情

你是大地的惊魂么
阳光普照
带给过客明艳的笑容

你是人世的精灵么
萍水相逢
却令人怦然心动

你是我多年的期许么
嫣然一笑
温暖我一生一世的梦……

你是一缕霞光

——写给女教师

你是一缕霞光
美丽而不张扬
悄悄地
来到广阔的海面上

吸取了日与海的精华
你拥有了博大的胸怀、善良的心和睿智的思想
于是，在你的光环的普照下
一颗颗眸子变得清澈
远方的路变得温暖
孤寂的灵魂找到了家的方向

你是一缕霞光
顷刻间将天空扮靓
这世界因你而多彩
你却从不计较时间的短长

当夜成为宇宙的主宰
华丽的月亮、斑斓的星星争宠于天空
你却默默地将身影躲藏
没有失落，没有彷徨
我问为什么
你说，你是在蓄积力量
明天，明天
你依然会笑吟吟地走来
将信念、光明与理想
送到每一个年轻的心坎儿上

秋 叶

我是一枚秋天的叶
一半青涩，一半金黄
悠然地
长在阳光下

春天的时候
我也曾带着无数斑斓的梦
奋力地生长、贪婪地呼吸
在春风中一展我的芳华

然而
夏日里的几场冷雨
却让我瑟瑟发抖，彷徨无助
几乎找不到我心中的家

如今
我终于学会了
平静地颔首、默默地微笑
珍惜每一个美好的当下

未来会如何呢
我无从知晓
安暖过后
也许还会袭来冰雪、霜花

这，都没什么
即便是寒冷的冬日降临
我依然会随着自己的方向
翩然起舞，凌寒潇洒

柴敬辉

柴敬辉，男，1974 年生，雄安新区雄县人。雄县水利局党组成员、主任科员。

自小喜爱文学写作，高中曾以自题作文《黑妮儿》获全国中学生作文一等奖。1993 年至 1996 年读大学期间，在校学生会任秘书长、宣传部部长，负责校刊和校广播电台编辑工作。

近年来撰写网络小说、小小说计十余万字。2017 年着力创作闪小说。《喊楼》入围“2017 迎新春小小说大赛”决赛。《售罄》《红包 1》《红包 2》《一根筷子》刊发于《小小说选刊》。《本命年》选编于《华文作家报》，《圆》发表于《检察日报》，《黑蝴蝶》入围全国“梦蝶奖”寓言闪小说大赛。另有诗歌《春之歌》（四首）及散文《清河旧事》《老枣树》《赵州印象》《饺子粥》等。

作品选读：

本 命 年

天刚亮，大江望一眼还熟睡的妻，记起妻睡前一再唠叨的“本命之年多劫数、躲鸡避瘟保年丰”，忙系上本命年红腰带，穿上妻买的鸡血红 T 恤，悄然下床，开上小厢货，出了院子。

薄霭初升，芦苇展绿，渠铺金莲，红头绿翅的鸟立在枝上高亢地鸣唱。白洋淀的早晨，格外的美！

大江寻思，该琢磨雄安建设后怎么生活了，这次从泰市回来再也不干这一行了，千万别触了霉头。

大江又想到上次从泰市倒来的五千只活鸡，进价便宜却卖得超好，妻再有一天便批发完了。想到了妻，大江心里更美，妻是全乡最美的女人，人靓，嘴甜，心善，还孝顺，老娘成天在村里、乡里逢人显摆。儿子常考第一，已上初中；女儿超级可爱，也满了两岁；城里有房，添了新车，以后雄安的日子……美！

跑了三百公里，大江寻思，一会儿到泰市，还去那家鸡场，个头小、焉巴点也无妨，叫起笨柴鸡来更好卖，关键是价儿稀罕人呀！临近泰市，电话响了，竟是儿子的声音。“儿子，咋没去上课？”“妈病了，发高烧！已送医院，进了一间大玻璃房。”大江有点急，望了望车台上妻的大头贴，仿佛看见妻闭着眼在痛苦呻吟。

老妈的电话进了来：“儿啊，出事儿啦！家里突然来了一帮子穿白衣服的，进院就拿着喷雾器四处喷。后面还来了警察呀！儿啊，你本命年可别倒腾瘟鸡，更不能干那伤天害理的事呀！”

全完了！马上回家，妻不能有事，妈心脏就怕着急，还有两岁小丫……

大江猛打方向盘，掉头，可一侧冲来一辆重卡……

韩运虎

韩运虎，男，1975年生，雄安新区雄县关李马浒村人。保定市作家协会会员，《北方作家》杂志社创作员，雄县文学协会副主席。

1996年至2003年在总参某部服役，当过记者、编辑，曾在中央人民广播电台、《解放军报》、《中国包装报》、《河北日报》、《河北经济日报》、《河北农民报》等二十多家国内外媒体发表新闻、文学作品近五百篇，共计四十余万字。

2012年出版诗集《生命的感动》。同时在网络论坛等新媒体撰写诗歌三千多首，撰写电子版诗歌集《一座城》《我的爱情与易经有关》，长篇小说《生命的边缘》《鼠哥，鼠哥》《大将孙悟空》等，累计点击量超过三百万次。其中，多篇作品在中央人民广播电台、《解放军报》等中央、省部级媒体获奖。

作品选读：

读杨锦祥小说诗歌作品集《岁月无痕》有感

诗　歌

乡情无隐两鬓横，夕阳丽丽依旧风。

九月秋实君不见，青荷侧立向门庭。

小　说

东西南北六十里，故事迭迭执笔奇。
小说正是沉淀成，看官相望溢痴迷。

序

沈家诗人六月中，作序评章别样红。
燕赵吟诗麒麟物，文中取乐四季同。

游古玩市场一条街

街如河，我是一条鱼儿
游来游去
由过去到现在，由现在到过去
漾起一圈一圈的轮回

街如河，我是一叶扁舟
在历史的刻度上停留
撒网、打捞、拾捡
历史积淀的舍利
街如河，我游，我泡澡
街如河，我呼吸，我享受

爱 的 雕 像

地震袭来的那一刻
母亲的臂弯不再柔和
一只手扯起一个

一个是你，一个是我

不是对生命的亵渎
而是对生命的拉扯
那是急促的脚步
那是惊慌的表情
满眼尽是蹉跎
唯有爱河流过
暖了心窝
也暖了眼窝

郭亚军

郭亚军，笔名司雨客，男，1976年生，雄安新区雄县望驾台村人。河北省作家协会会员，中华诗词学会会员，中国纪实文学研究会会员，一亩塘诗社成员，中国白洋淀诗书画院理事，雄州诗社社长。

郭亚军上学时就喜欢写东西，初中时曾写了满满一本的诗词。虽然以他现在的标准看来，那些诗词文理似欠通顺，平仄也不大讲究，但那是他对文学的热情。高二那年，受汪国真影响，写了一首新诗，入选“全国首届‘太白杯’诗歌大赛”优秀作品。这越发使他对写作产生了兴趣。

1994年郭亚军辍学参加工作，在雄县邮电局当临时工。工作空闲时，他就到外面租书看，周围几个小书店的书他都看了个遍。郭亚军读书极杂，小说、散文、诗歌等都有广泛涉猎。之后，他尝试着给《散文诗》《星星诗刊》等刊物投稿，偶有采用，但大部分石沉海底。

2004年郭亚军加入“蓝调儿”组合（这是一个由闻华舰牵头，秦华等组织的在“榕树下”网站极具影响力的网络散文诗品牌）。那时郭亚军写了不少散文诗，大部分发在“榕树下”，有几篇曾入选《散文诗》《2004年度散文诗精品集》等。

2005年，郭亚军在“红袖添香”文学网写的长篇小说《雨打梨花》被中国电影出版社出版。2006年，在起点中文网创作的长篇小说《我是阿斗，我不用人扶》广受好评，成为年度优秀作品。另有《金蛇》《重生三国之公子刘琦》《冀中侠盗》等几部网络小说。

2016年，郭亚军作为从全国评选出来的十名青年代表之一，参加了中华诗词白银青春诗会。在会上，他得到中华诗词学会秘书长刘庆霖的亲自指点。同年，他出版了个人古体诗词集《望台俚歌》（中国现代出版社）。

他还参与了“雄安记忆”工程，与王福忠、宋忠臣等一起，走遍雄安的村落，记录雄安的每一步变化与成长。

作品选读：

秋　后

割了青纱帐，时光静且长。
莽原偷个懒，裸背晒斜阳。

村居五首（其四）

架上书堪诵，池中墨正熏。
高窗留一角，日日养闲云。

赵北口船父

老父家何处，长居赵境边。
采莼菱角淀，钓雪月牙船。
皮瘦筋肌硬，声村意气鲜。
平生无大事，单桨破南燕。

一 字 歌

一径浅，一池深，一川青草涨芜心。一舟明月一根竹，一钩独钓一江春。一壶酒，一竿身，一树梨花一地荫，一生几许伤心事，一沉一浮幻似真。一灯愁里梦，一点梦中痕，一别山阴诗酒频。一行文字千行泪，一更三点犹自吟。一双愁黛远，一缄书札沉。一歌歌罢月华新。一年几变枯荣事，一樽海酒满天云。

蝶恋花·其四

怜我平生如蓬草，雨打风欺，做尽凄凉调。忍把韵光辜负了，枝头柳絮飞多少？　　未解人情人已老，行遍天涯，只道桑园好。山月一轮何窈窕，年年共我杯中笑。

闲 情

一卷经书一领毡，竹亭闲卧数渔船。
蜻蜓怜我堪为友，不落荷尖落我肩。

秋 情

最爱长堤秋日好，满川青紫恣威蕤。
斜依老树弄长笛，曲罢坡头蝶百枝。

寻　人

信辔江头觅野鸿，渔夫笑我大朦胧。
轻舟不缩由风纵，浅水芦花处处同。

乡愁·望驾台

望驾台，我的家乡。我生在那里，长在那里，梦也长留在那里，永远也不能忘。

忘不了长长的芦僧河就在村中央。清清碧水来自涞河、胡家台，流向望不见的茅儿湾、胡各庄；一个苇坑接着一个苇坑，一个鱼塘连着一个鱼塘；密匝匝的树木沿河生长，河边上扭曲着低矮的民房；孩子们在苇丛中捉鸟捕蛙，大人们在鱼塘中打鱼撒网。最难忘月下跳动的金色鲤，最难忘苇秆编成的盒子枪。

忘不了高家大院改成的小学堂。卧砖到顶，挑灰灌浆，石阶瓦檐，木柱明窗。纯铜铸就的大钟，声音是那么悠扬；“上三下二预备四”，一声声，传遍四面八方。邻村的孩子也来上高小，每一个窗口都书声琅琅；我们老师那时风华正茂，明亮的眼睛全是希望。最难忘儿童节那燃烧的红领巾，最难忘老校长那不能改的雄县腔。

忘不了村北高高矗立的分洪道。它如一条巨龙，横卧在平坦坦的大地上。柳树与榆树长满数丈高的堤坡，红薯与花生铺满数里宽的河床；各种鸟儿在堤树上歌唱，各种花儿在堤坡上绽放；蚂蚱子弹般射向草丛中，地梨儿星星般散布在水滩上；渠水里鱼虾自在地嬉戏，天空上雄鹰自由地飞翔；放羊人打着响鞭放牧着生活，赶车人赶着大车驰向远方。最难忘掏鸟蛋掏出长虫，最难忘挖老鼠遇见黄鼠狼。

忘不了大槐树上的喜鹊窝，忘不了细柳枝上的黑老婆儿（一种黑壳小昆虫，用来喂鸡），忘不了沙子窝里的翻跟斗，忘不了戏台前的挤摞摞，忘不了全村齐看《霍元甲》，忘不了老少一起去挖河，忘不了街头谣传“矬大蹦”，忘不了半夜惊呼“来电了”，忘不了门前古井甜滋味，忘不了屋后红柿挂果多，忘不了冬日爷爷为我打冰床，忘不了夏夜奶奶给我讲传说……

望驾台，我的家，住了一代又一代，故事长长流成河。赵家街的武举，郭家街的马快，高家坟的石碑，梁家场的传说……谁在讲世宗北伐曾驻跸？谁在说清代道台田地多？谁在说入京大道有来历？谁在说石桥之下有白蛇？谁在说日寇屠杀大惨案？谁在说村中八路烈士多？谁在说全县第一合作社？谁在说全民动员治海河？谁在说百年老屋百年树？谁在说乡愁满满在心窝……

望驾台，高铁就要穿村过。

那些老树，那些旧屋，那座已被改建的高家院，那条快被填埋的芦僧河……就要分手，就要再见，心中有些话，不敢说，也不忍说，怕一说啊，就会泪水婆娑……且让我们展望更美好的新生活！

或许，可以把我们过去的青春，我们共同的记忆，唱成一支婉转的歌。多年之后，让人记起，有这样一个千年古村，曾存在过，曾存在过……

王旭龙

王旭龙，笔名岭上云，男，1976年生，雄安新区雄县昝岗镇袁家庄人。文史爱好者，中华诗词学会会员，保定市作家协会会员，雄州诗社成员，白洋淀诗书画院理事，雄县文学协会顾问。

王旭龙1976年生于内蒙古锡林郭勒盟苏尼特右旗，1986年回乡定居。1997年7月毕业于张家口师专中文系。先后供职于雄县中学、雄县教育局、中共雄县直属机关工作委员会等处。2015年11月至今在雄县政协从事文史资料整理工作。王旭龙用四年多的时间，搜集选注了宋至民国间与雄县有关的诗歌《雄州古诗选注》，这在雄县文史资料收集方面具有重要意义。该书共收录宋至民国年间八十八位诗人五百六十六首关涉雄邑的诗作，由九州出版社于2013年1月出版。另出版个人诗文自选集《山中何所有》（现代出版社，2016年6月），点校出版《雄县乡土志》（清末雄县举人刘崇本编辑，1905年初刊；河北人民出版社，2017年7月），点校刊印《古调堂初集》（清初雄县诗人马之骦著）和《国难纪实诗存》（民国雄县诗人张同书著）等书。

王旭龙走上文学道路，离不开父亲的启蒙，也得益于中学的两位语文老师——徐永生、高东生的影响。近几年，在沈云、赵顺义、张贺明、刘素娥、宋忠臣、郭亚军、胡砚池等师友的鼓励下，加入了中华诗词学会、保定市作家协会。虽已创作和编辑整理了不少文字，但他总以鲁迅先生曾批评的“空头文学家”的话来鞭策自己。他认为，如果能像他的老师高东生那样，写出文质兼美的作品，带给读者无尽的美感和思考，才称得上是名副其实的“作家”，而他自己，只是文学爱好者而已。

作品选读：

题容雄霸书画家联谊会赠北京奥运百米长卷

岁在戊子，春服既成，祥云冉冉，五洲巡行。
万邦族类，黄白黑棕，肤色各异，众心乃同。
相期夏日，聚会燕京，于我鸟巢，燃我豪情。
虽曰争竞，奖析金铜，必不失者，君子之风。
华族所尚，三界大同，普天共祝，盛事功成。
燕郊古郡，京南冀中，人文渊薮，毓秀钟灵。
会曰联谊，雄霸容城，书家画士，有动于中。
人居村野，心系华廷，各运椽笔，表其精诚。
图卷千尺，俊彦百名，香飘翰墨，意写丹青。
行草篆隶，笔走蛇龙，诗词歌赋，书写襟胸。
烘染破积，气贯霓虹，山川草木，尽态极形。
书画祈愿，汉唐重兴，奥运圣火，长驻光明。
唯海之晏，望河以清，寰球万姓，永浴和平。

注：2008年3月30日，“容雄霸书画家联谊会”成立，公举李炳诺师为会长。4月中旬，联谊会组织百名书画家联手书绘百米长卷，赠予北京奥运。李炳诺师嘱余拟长卷前言，遂成此篇。

欣与桃花会

欣与桃花会，接目多琼瑰。
忍得无所记？空自宝山归。
欲图繁盛景，不畏笔锋颓。

时维癸巳岁，蜂蝶逐枝飞。
城东行数里，已远市声陲。
苑署白洋淀，桃李正葳蕤。
群贤围方案，观若饮醇醅。
翰动龙蛇舞，真草斗芳菲。
墨绘谓何如？吴带当风吹。
复有吟诗客，不教东君回。
且将阳春色，化作辞中辉。
良辰何易逝？斜日频相催。
萧萧竹声醉，似待人重归。

注：癸巳年阴历三月初七日，与白洋淀诗书画院桃花笔会；明日寅时，乘兴纪之。

甲午秋日访龙湾张贺明诗家

问隐清河畔，秋阳万物暄。
迎门识长者，待客聚乡贤。
把盏余心醉，析文众意欢。
张君新作好，适佐野菌餐。

白 沟 赋

白沟船城商镇，笑看古今沧桑。历数千载风云之变幻，惠亿兆民生业以无疆。忆往昔八方帆樯辐辏，看今朝四海瞩目辉煌。

其地当燕之督亢、辽土南疆，尝观燕秦易水之鏖战，立宋辽榷场以通商。汉季公孙守易京，空怀避世之想；晋将刘琨拒胡马，赢得万古流芳。张叔夜临界河，仰天以扼其吭；文天祥识其地，异世同声相望。燕王靖难役乘风得胜，挥鞭立马指南疆；明季张果中舍生赴义，烈士英名垂范阳。义和团张宋立坛，传说至于今日；建国会回民抗战，豪气上干三光。

宋辽以降，望京驿道贯通南北；明清之际，白沟大渡远近名扬。是地也，得水运之便利，远通闽越，近贾齐鲁，引八方商旅云聚；当京南之津路，士民问渡，冠盖相望，有千秋题咏留芳。

驹隙过，船城古镇姿容难觅；东风起，时代新城复现荣光。内倚温泉城，淀水泉水接白沟河水，适以休闲养性；外联京津冀，远客近客皆上座宾客，且看英杰满堂。箱包分布帛皮革、方圆大小；服装有汉唐红绿、丝短绵长。方言音调汇南北西东，燕语莺声似五弦齐动；珍馐美馔聚湘鲁川粤，蒸煮烹饪引三佛逾墙。

美哉白沟！来往估船争渡，远村古戍十方院。

壮哉白沟！当此复兴盛世，扬帆远航沐天光！

我用歌声呼唤你，祖国母亲

我用歌声呼唤你啊
我深爱的祖国母亲
五千年的血脉
蛰伏在我的心魂
该如何表白这
深沉的爱呵
除了我
哽咽的喉音

你是那神农的百草
袅袅幽香
营卫着后世
万代子孙

你是那轩辕的衣裳
迎风一振
便舞出华夏
不灭的精魂！

你是大禹的胼胝
磨损在
过而不入的家门
你是汤君的网罟
释出那
温润千古的宽仁
你是甲骨上
划出的征战
你是钟鼎上
铸就的功勋

你是老聃闲步的青牛
定格在函谷
紫色的黄昏
你是仲尼落寞的身影
承当着列国
舞动的风尘
你是庄周梦中的蝴蝶
你是屈子眼底的波痕

你是秦皇
横扫六国的铁骑
你是汉武
远征大漠的雄心

你是大雁塔
不绝的香火
你是霓裳曲
久逝的余音
你是郑和远航的帆樯
你是琉球入京的朝臣

你是子建的白马
你是元亮的桃林
你是太白
床前的霜月
你是乐天
衫袖的啼痕
你是林间徐行的东坡
且看我芒鞋竹杖
你是东篱把酒的易安
静听那细雨梧音

我用歌声呼唤你啊
我深爱的祖国母亲
说不尽的神州大地
激荡着我的心魂
该如何表白这
纯挚的爱呵
除了我
抖颤的喉音

我爱你赤壁的涛雪
我爱你钱塘的潮音

我爱你
如镜的洞庭、洱海
我爱你
摩天的泰岳、昆仑
我爱你珠穆朗玛
山巅的积雪
我爱你锡林郭勒
天边的流云

我爱你
敦煌的罡风阵阵
我爱你
秦淮的碧波粼粼
我爱你
巍峨的皇都红墙
我爱你
精巧的姑苏园林
我爱你玉门关
羌笛的清越
我爱你寒山寺
金钟的雄浑

我深深地爱着你啊
我的祖国母亲
爱着你
丰饶的土地
辉煌的古今
甚至你
曾经破碎的山河

历尽苦难的呻吟
我愿将
生命献给你呵
如能换得你
江山永驻
万古如春

如果
我的歌喉已经喑哑
我深爱的祖国母亲啊
请别怀疑我
永不改变的坚贞
那时我
仍在用歌声呼唤你呵
以我热血澎湃的
全部身心

一段生命的美丽

村村皆画本，处处有诗材。

看了朋友写雨的一首诗，忽然想到这两句话。

这副从结构、词性到语意、平仄都对仗工稳，表现出典型汉语美的联语，其实和那句世人耳熟能详的话是同一个意思：世间缺少的不是美，而是发现美的眼睛。

眼为心苗。看不到眼前的美，根本原因不在眼，而在心。

了解中国传统文化的朋友都知道，历数那些美得高远、美到极致的中国古典诗文曲画，大多带些道家气韵。道家着力强调的一点是，人勿失其赤子本心。在赤子——初生婴孩的眼中，这世上的一切，有什么不是新奇的、好玩儿的、美的？

我们每个人都是一样，只要有一颗赤子之心，具一双赤子之眼，面前的一切便会显出其美的一面。

所以，远方固然有风景，风景却不必在远方。我们，就活在无边际的美丽之中。

生得为人，来世间走上一遭，享用这几十年无尽的风景，还不感念上苍？

正所谓，江上之清风，山间之明月，耳得之而为声，目遇之而成色，取之不尽，用之不竭，是造物者之无尽藏也，而吾与子之所共适。

在这无边风月中，若不幸被尘氛迷了心窍，闭了慧眼，四望一片灰蒙蒙，全不见美丽景致，岂不是辜负了上天一番美意，可惜可叹？

那日，与几个朋友骑单车到了陈家柳。虽说头天刚下过雨，一路泥泞，仰观长天湛碧，俯察沃草青翠，却也着实怡人。

踩着两脚泥巴，上了村南的分洪堤。战天斗地年代建设的扬水机站静静地矗在那里，任四十个春秋如水般淌过。孔武的闸门不言不动，岿然截住一汪洪流，像一位阅尽世间沧桑的中年汉子，青铜的脸上刻满褶皱，静静地蹲在自家门前吸着旱烟。

我静默地看着你，你沉静地看着我。

是的，这一刻没有旁人，只有你和我在这里默默对视。

怎么才来？我听见你问。

我不答，只微笑着静静看你。

于是你也微笑了，不再说话，继续吸你的旱烟，很享受、很惬意的样子。

我看见，你轻轻吐出一团烟雾，眯起眼来，微微仰头，似在望着远处，又像是在看近前，沉思写在你的脸上。

我知道，你知道我看到了你年轻时的样子。你衣衫簇新，筋骨壮健，毫不费力就将奔涌咆哮而至的山水降伏，浅浅的微笑浮起在你刚毅有力的嘴角。

你知道，我知道你并不为青春的逝去而消沉颓唐。你是位天地间的智者，过去享受了青年小伙的激昂，今天品赏着中年汉子的静默。

我知道，你知道我一定会来的。

今天我来了，你不喜。

往日我不来，你也不躁。

你一定知道，我静静地看着你，看到了一段生命的美丽。

这段美丽，我不必记录在镜头里。

它，已定格在了我的心底。

自由是可以不做什么

自由不是你可以做什么，而是你可以不做什么。

很喜欢这句话。

可以做什么，是能力，是权利，有的时候，是运气，还有的时候，是灾难。

可以不做什么，才是境界，是幸福，也才是真正的自由。

小王子在星际旅途中见到一位君主，他把世上一切，包括所有人，包括所有星辰，都看作自己的臣民——虽然那个星球上只有他一个人。他认为，自己可以命令任何人为他做任何事。

这位君主好像——或者说是自以为——很有权力，但是他显然没有自由。他做不到不把自己当君主，不把旁人做臣民。他是那个星球上——更准确地说，是他自己内心的——一个可怜巴巴孤零零的囚徒。

地球上曾有位君主，向智者炫耀自己拥有的权力：看，我想杀人就可以杀人！智者微笑着告诉他：真正的权力，是可以杀人而不杀人。

只知自己可以杀人，暴君眼中血污盈溢；懂得自己可以不杀，仁君面前阳光明媚。您说，是谁的心没有被傲慢、残酷、恐惧和仇恨浸透，不会在夜半从噩梦中惊醒——谁的心才是自由的？

1970 年，一个中国孩子家境优裕，每天早晨被家长逼着吃个煮鸡蛋补充营养，为此痛苦不堪。后来他想出个主意，带着鸡蛋去上学，说是在路上吃，走到半路，就把鸡蛋丢进一个猪圈。

对他来说，自由就是可以不吃这个煮鸡蛋。

今天，渴望这种自由的中国孩子也不鲜见。

大人，更多。

可以不做什么——很多时候，这种自由要我们拼尽全力抵住诱惑、战胜自我才能获得。

2012年，一位台湾青年猝死在网吧时，身体还保持着玩游戏的姿势。看到那张定格了不幸者诡异动作的新闻照片时，我不禁叹息：在这五彩斑驳、乱耳炫目、令人心醉神迷的娱乐时代，又一个可怜的人，永远失去了获得“可以不玩游戏”这种宝贵自由的机会。

波兹曼写《娱乐至死》时，看到的是在电视机前变成“沙发土豆”的一代美国人。不知当时的他是否能够预见，短短几十年后，网络时代就以其超出电视时代千百倍的互动性与亲和力，剥夺了更多人拒绝过度娱乐、享受平静生活的自由，让他们死得轰轰烈烈，以前所未有的壮观和奇葩。

想起了一句老话：人为财死，鸟为食亡。很多时候，我们都误以为，能够拥抱自己热爱的东西，是莫大的幸福与自由；殊不知，也许恰恰是这种拥抱和对这种拥抱的追逐，造就了我们的不幸与失去自由。

赫胥黎早就警告过我们：毁掉我们的，不是我们憎恨的东西，而恰恰是我们热爱的东西。

胡砚池

胡砚池，笔名白雨幽窗，女，1977年生，雄安新区雄县人。雄县第二中学教师，中华诗词学会会员，半亩塘诗社成员，中国白洋淀诗书画院成员，雄州诗社会员。

胡砚池于2017年出版了个人诗文自选集《自语集》，但她谦逊地说，于诗于文，自己都是一个文学的爱好者，写作对她而言，是出于一种内在的需求，是自我对话，也是自我疏导、自我安抚，从而达到一种自我的实现。胡砚池认为，与自己为文学做出的努力相比，诗文给予自己的滋养更多。从根本上讲，每一个人类个体都是孤独的，有了文字的慰藉，这孤独便不可怕，甚至于某种意味上，颇可期待。

作品选读：

清平乐·冰窗花

水晶画笔，涂抹玻璃纸。松菊鹅毛银雀尾，风折秋之芦苇。　　梦中或到天涯，晓来记取繁华。消得人间冷暖，依然清泪无瑕。

无　题

每将深意试炎凉，一种痴心倍可伤。
已证百般消不得，能医此恨或流光。

减字木兰花

雨天真好，枕上书儿看到饱。擎伞谁来？浅绿裙子偏教猜。　流云缓缓，淡墨痕斜疑昼短。有矮牵牛，一朵盈盈开作秋。

昨日暴雨有记

暴雨倾盆注，时雷震地惊。
浮舟城欲没，怒发树齐鸣。
风渐街边静，凉从窗隙生。
小楼灯次第，天角一霞明。

采　莲

清赏及朝露，扁舟入湖天。
香蒲杂芦苇，翠盖仰清圆。
蜻蜓飞不定，雏鸭乍惊眠。
俯身弄莲子，荷花方齐肩。
一摘荷叶肥，再摘荷花鲜。

叠叶堆船头，拈花殊可怜。
行行采不足，满湖荷翩翩。
将欲歌吾乡，何必赋江南。

有鸟啄食园中枸杞遂作

庭中植枸杞，结实硕且富。
有鸟曳尾黄，一夕数来顾。
既食珊瑚子，复啄枝上露。
人多患其害，或谓诱以捕。
物生天地间，饥劳长为苦。
佐茶虽曰宜，果腹有不足。
分甘我何损，享余尔得哺。
饥则请自来，饱亦不尔怖。

高阳台与半亩塘诸子夜放河灯

轻拆荷衣，徐燃绛蜡，一时照亮深瞳。呵手轻盈，拨来好趁清风。漫将诗酒收拾罢，放形骸、有几孩童。乍微凉，寂寞湖天，数点幽胧。　　行行水岸波纹暗，正蒹迷乱影，月淡西穹。笑倩荧光，飘摇梦底灯红。年来自是绮怀少，更何祈、善始全终。去无涯，夜隐残星，浪泊乌篷。

明前一日过堤顶大道

其　一

时近清明春欲老，夭桃辞笑杏辞霞。

迎人杨柳参差绿，一路相看不逊花。

其　二

长堤沙净芦芽短，绿柳黄杨各自闲。
一棹船行云水外，有车泊在野花间。

其　三

圆亭曲榭往来频，争道春浓淀水滨。
鸥鸟狎鱼皆避我，镜头偏爱避游人。

半亩塘诗社雅集大佛寺

雅集逢佳日，古寺谒春风。
鸽狎人前落，花杂槛外红。
千佛观妩媚，一石醒圆融。
玄心愧识浅，随喜幸与同。

石榴诗寿月依然

簪香拈茉莉，写意对牵牛。
寿君千秋岁，赠君以石榴。
一愿多欢笑，二愿多温柔。
看灯花月夜，载酒木兰舟。
良俦得同心，良友结同游。
淡泊君所愿，我愿君无愁。

桃花笔会折月季干枝事

清明春欲归，花事纷如攘。
园中杂月季，新故交相党。
历冬余葩蕾，未凋与时爽。
圆实犹带赤，残萼婴蛛网。
触衣枯辄落，折梗闻微响。
虽乏鲜香色，意态殊胜往。
瞻此轻举姿，翻作从头想。
严霜一何遽，猝然夺其养。
诸芳恣雪落，遗我中心惘。
撷此干瘦枝，供彼陶瓶上。
物华次第衍，长作四时赏。

南歌子・再咏烟花

落落星成雨，流流火坠桐。天街烈烈野花蓬。纷向人间一泻证泥鸿。抵我三生忏，销来蓦地逢。因缘不必报东风。也似相思明灭有无中。

南乡子・剪纸

一把剪刀陈，轻折轻叠纸对分。花镜灯前银白发，停匀，鹊语梅香腕底闻。　　正月小乡村，欢喜葫芦贴木门。阅尽人间甘苦味，归真，长唤春风到纸痕。

浣溪沙·合欢花

其　一

朵朵团团拂满襟，流香坠粉细无音。未谙名字已倾心。　　石上三生曾记取，花间此日与沉吟。谢他如水月华斟。

其　二

两两双开佳偶成，由来一种可怜生。情深到此不虚名。　　薄褪粉痕余好梦，慢旋光影敛红缨。于谁掌上宛然轻。

踏莎行·与孟不离、月依然、岭上云、司雨饮于郭里口

堆絮晴云，摩窗野水，拍肩风曳秋芦苇。相逢倾盖说平生，耳酣歌暖成一醉。　　君且迟归，月将出矣。留人霞绮凝红紫。清光坐冷到无言，荧荧渔火聊相对。

临江仙·黛玉

小字颦颦眉如黛，诗成侪辈都羞。姣花弱柳足风流。绛珠本慧草，生教与多愁。　　报得前缘唯有泪，凄凄月冷香丘。芳魂一缕恨难收。情天复孽海，无以渡方舟。

喝火令·见宋老师空间有晚秋开的杏花照片一张，奇之，戏作

才试轻盈朵，初匀淡雅姿，已然枝上错花期。颠倒几回魂梦，不意便成痴。　瘦损纤纤影，寒侵瑟瑟衣，此番无果恨来迟。误了东风，误了柳攀枝，误了与他相约，草长燕飞时。

香　椿　树

不知怎的，想起了那棵香椿树。

小时候，我和爷爷奶奶住在一起。爷爷喜欢养花，老屋的窗下种了半枝莲，俗称“死不了”，是最不值钱的花，因为多，挤挤挨挨地也开得烂漫。院子正中有个砖砌的花坛，堆着几个花盆，大约是一些时令花卉。院子南面辟了几个小畦，种了西红柿、青椒，搭了黄瓜架、豆角架。一角还有个鸡窝，两棵不大的枣树。

那棵香椿树在花坛的旁边。从我记事时起它似乎就很高了——儿时的记忆恐怕不能算数，比如老屋其实很矮，院子其实很小，而小孩子却从不觉得。我曾经在树身上比着自己的身高用小刀刻了印记，来年看时，树好像和我一样，也长高了。因为种的时间长了，它的根在地下蔓延，新生的香椿树苗钻得到处都是。于是就常有村里人去向爷爷讨要（因为香椿芽可以吃，所以这树苗很受欢迎）。爷爷每次都是有求必应。饶是如此，每年这东西还是会出人不意地从什么地方钻出来，挖之不绝。

按说这香椿树生命力该是很强壮了，可是树干并不特别粗，一味地长高，风大时令人担心地摇着，却也经冬历夏地安然无恙。孟夏开花时，白色的花屑细细地铺一地，带着香椿芽的香味儿。爷爷说这树最大的好处就是香，不生虫子，等我嫁人时，要用它的树干打一个衣柜，放衣服最好。爷爷对于我的将来总是有着各种详尽的打算，比如说家里养着鹅，爷爷就说过要把鹅毛一年年积

攒起来，积少成多到时候可以做一床羽绒被子。我那时才四五岁，对于嫁妆这回事懵懵懂懂；听惯了这话，更觉得结婚是件久远的事——须等它的树干长到很粗很粗，能打一个衣柜的时候才可以。

跟着爷爷奶奶长大的孩子，总是从小被娇惯。攀折了花草，弄塌了鸡窝的事怕也常有，因为从未得到过严厉的斥责，我也都没有确切的记忆了。我只记得曾蹲在香椿树下长时间耐心地低头寻找一种甲壳虫，黑色的，有着硬硬的质地，俗名呼作“小锁”。我从小怕虫子，唯一不怕的就是这小锁。人一碰，它就蜷缩起触手来装死，倒像是一粒草茉莉的种子。还记得有次家里才满月的小猫蹭蹭几下爬上了树干高处，待回头望时却害怕得不敢下来，迟疑地哀叫着，到底是爷爷把它救了下来。

六年级时我回到了爸妈身边。第二年，爸妈去县城里做门市生意，我初中高中便都在学校住宿。这当中，老屋老得不成样子，爷爷奶奶就搬到爸妈那院儿里去住。我上高二那年的夏天，一夜大风雨，香椿树的半个树冠都被摧折落地；秋天，爷爷就突发脑出血去世了。后来回想起来，总觉得冥冥之中，如有征兆。

到如今，爷爷已经离开我们近二十年了，老屋也早已翻盖一新——因为临街，盖成了门市房的样子，院子也不复存在。万物也有它自己的沧海桑田，虽然是一点点积年变化而来，人并不十分觉得；猛一忆起陈年旧事的时候，才会惊悟物是人非、物非人是的岁月无情。香椿树是何年砍伐的，我已经毫无印象；它的树干最终没有做成我的一个香香的衣柜，去了哪里也全无痕迹了。只有我对爷爷的怀念，一年年，如椿芽萌发，未曾断绝。

李海亮

李海亮，男，1978 年生，雄安新区雄县人。毕业于保定师范高等专科学校中文系，曾是中学教师，现为政府机关公务员。

代表诗作《国画——纪念改革开放四十周年有感》，在教育部语言文字应用管理司和中华诗词学会联合主办的 2018“中华通韵”诗词创作征集活动中被评为三等奖。

作品选读：

国　画

——纪念改革开放四十周年有感

画前，弥望着你的眼神
我是纸背上升腾的山水
是青，是朱，是赭
是树，是雾，是云
四十年，我凝为最苍劲浓重的一笔
离你最近，最近……

放大后，一根锋毫就是一种思想

在千万根锋毫的碰撞里
是谁，正与浩浩的春风对饮
交融的气息，塞满纸纹透亮的茅庐
一个明月无边的窗外
多少人？在裹锋、铺毫，留彩光阴

蓦然回首，鬓角的白发
波磔成最淡最淡的浸痕
真的。数不清这一路上有多少
雪白泛黄的时辰
抬头。又是一个瓦桥霜月、鸡声荷淀的拂晓
我与你深情对视，盘根绕梦哟
把那方红耀的印脚——追寻！

满江红·颂昝岗佐各庄烈士

瑟瑟秋风，萧萧起，茔前叶落。七九载，望中堪记，染红宵柝。有义头颅天地血，无名死士英雄魄。怒目横、壮烈断肠时，犹歼恶！　　战雷响，云赤膊。追旧忆，乾坤浊。恨家国万里、百年孱弱。几度难酬悲恸涙，今朝筑梦山河廓。若有知，含笑慰雄安，千秋略。

注：七十九年前的隆冬，八路军冀中五分区二十七团在昝岗佐各庄与日伪军展开激战。战斗异常惨烈，八路军一百余名勇士长眠于此。2018 年 9 月 20 日，因雄安高铁建设需要，烈士墓迁移至雄县烈士陵园，镇村父老洒泪送别。

张永波

张永波，号瓦桥钓月斋主人，别号龙湾散人，男，1978年生，雄安新区雄县龙湾村人。中学高级教师，河北楹联学会会员，保定作家协会会员。

1997年，张永波从涿州师范学校毕业后，到雄县葛各庄中学任教。因从小爱好文学，工作后，更是笔耕不辍，常利用课余时间进行写作。2004年10月在保定市诗词楹联协会主办的“定瓷杯”诗词楹联大赛中，他的诗词和楹联作品获优秀奖。之后，其诗词作品陆续在《保定吟坛》上发表。后来，多写散文，作品主要在“老虎不吃人”网站上刊出和《唐山文学》《散文百家》等刊物上发表。2010年，曾参与雄县第一部村史《千年古龙湾》的编纂工作。2017年，参与《千年古县·雄县卷》的编纂工作。

主要作品：诗词《登杨六郎点将台有感》《记古秋风台二首》，散文《沉淀在家乡的记忆里》《清河看柳》《灯下读雪》《岸柳如诗》等。

另，在网络交流平台推出的作品有：诗词《咏菊》《秋思》《水淀秋》《咏唐寅》《记六如居士》《减字木兰花·吊唐寅》《咏黄河》《颂毛公》等，散文《读山札记》《菊》《我是一株杨柳》《中秋寄月》《棚架上的紫藤萝》《雹瀑》等。

作品选读：

古槐遐思

穿过一条窄窄的老巷，昔日《老三篇》那斑驳的痕迹仍历历在目。在那些曾经令人热血沸腾的文字旁边，一株龙筋虬干的古槐赫然刊于壁上——枝杈横斜，擎起朵朵碧云，恰似凤凰抟翼；奶奶庙微微地露出一角，静静地倚在凤翅之下……从那有些残破的壁画中，我们尚能追寻出些许古槐当年的影子，如只言片语，回响在记忆的桥边。

绕过一排矮矮的老屋，但见一株老槐游身而起，筋劲盘结，虬枝作势，仿佛龙蛇之奔走，青鸾之抟翼，森森然，聚峥嵘之气象。

每每走近古槐，心中涌起的不仅仅是对生命的膜拜与感叹，还有那生发于久远、深浸于根脉之中的苦涩与倔强。其实，这古槐啊，只不过是跳出了轮回，多看了几番世态炎凉罢了。数百年白驹过隙，繁华显赫、悲喜炎凉、时运沉浮……都化作片片云烟，心，皈依于平淡，淡如水，平如镜，照彻了白云苍狗。也许，“熬”本身就是一种修行，它让生命变得厚重而绵长，远远地抛下龙湾河悠远潺湲地流淌，在沧海桑田的际遇中褪尽皮囊。

芯空了，皮愈健；枝折了，根弥壮。数百年风霜雨雪的洗礼，沉淀下的不仅仅是峥嵘。

数百年风雨相携，古槐收敛下龙湾河无尽的悲喜；匆匆过往，在古槐面前似乎成了匆匆的过客……时间久了，先民们的气脉便沉浸在这深扎的根脉里。龙湾的轮回，便一下子跌落在古槐的年轮里，古槐便成了龙湾世事变迁、人文更替最好的注解。

古槐，似乎从一开始就注定会成为龙湾人精神的守望。

古槐是根，几百年前就在龙湾河的桨声波影里安顿下来，融入了这片土地；这，使我不由得想起了明初的那次大规模的移民。也许，是来自洪洞的先民，在即将背井离乡之际，在大槐树的根次上掘下了这株苗裔，在拖儿挈女的流离中，在锅盆碗盏的烦琐中，在泪眼潸潸的迁徙中……这株珍贵的幼槐呀，承载着他们对故土的依恋、对前程的渺茫，一路彷徨、几多期盼。它是幼小的，更是古老的，是浩浩荡荡、辗转他乡的先民们的一点慰藉、一份寄托，它连着的是那一抔故土啊！

于是，在古老的龙湾河岸边，在萧萧的易水河和潺潺的芦僧河的环抱之中，一株幼槐在异乡的土地上扎下了根，伸直了腰，展开了叶；在几百年的岁月里，惯看渔帆点点，相伴杨柳依依，或许，它也曾得到过那个纵舟于荷湾苇巷之中的皇帝的青眼……然而，一切的一切，都随着奶奶庙的残钟而去了，只留下这古槐。

古槐是龙湾的魂，是龙湾人永久的牵挂。

每当春雨如织，天地间便朦胧出一派润湿的生气，杨柳飘丝，撩乱了人们那一点点痒痒的欣喜来；古槐却越发显得沉寂，惆怅之余，蓦然发现，磐石般的黝黑、斑驳的树干上竟然钉着几星新翠，透过蒙蒙的雨幕，就会瞥见古拙的枝梢上似乎披着一层绿莹莹的轻纱。春风骀荡，一转眼，它便迸出满头珠翠，遒劲蓬勃；一派绿荫伸展开去，便占领了整个夏天。古槐大多在这个时候被定格下来，成为一帧能够放置久远的念想。

定格古槐，是一种追溯，追溯当年的种种，抑或寻找自己生命的本来；也许，是在思索在龙湾这片激荡着慷慨悲歌风骨的土地上，还能不能找到一丝“晋”的影子。

古槐是我们精神的皈依，数百年风雨如磐，任谁也没有走出它的方圆；或许，有一天古槐也会走进轮回，湮没得没有一丝痕迹。今天，我写下这浅浅的文字，但愿能承载它的一丝风骨、半枕炎凉。

瓦桥寄月

瓦桥已没，只留下些许断基残瓦，杂草野树，却长得格外蓬勃，丝毫不在意已经到来的秋意。

等到夕阳羞红着脸，躲到望山背后的时候，月亮便从东面的柳梢间转过来，偷偷露出半张笑脸，眨眼的工夫，便倏地一下子蹿到半空中。月亮浑圆浑圆的，金灿灿的柔光照彻周遭的云气，黑漆漆的河面也变得亮亮的了。

河道蜿蜒曲折，两边的岸滩犬牙差互，时有榆柳横逸斜出，将茂密的枝杈直伸向河面，将幽亮的河面掩去了一大片，更多了几分画意。两岸的树木黝黑茂密，透出一丝静谧。夜空已青黑似璧，月亮变得更加悠远了，像银盘，似玉珠，孤悬在夜空中，任云气往来。此时，月魄皎洁，澄光流泻，朦胧了残桥，隐没了树影，漂淡了那几丛芦苇，笑靥波光上那幽幽的暗影。这月色呀，在河面上映出了一个俏俏的影儿，真像一颗宝珠，藏进苇丛，沉入水底，正等待着骊龙的吞吐呢！这时，河面上腾起了淡淡的冷雾，月色也越发的明亮，月色烟波，便越发朦胧起来，宛如月下的江南一般。

如果，此时有一叶扁舟多好，划着它在时光上去漫溯……

遥想高关矗立，殿阁飞檐，凭楼远眺，见月光皎洁，流霰播晖，将是何等的快意。大小雄山，峙关而立，山上、山下和关城的楼阁，以及河畔低矮的茅屋里透出的暖暖的、黄晕晕的光，守望着月色中那涓涓的思念，留恋着波光上粼粼的缠绵，牵扯起心中万千的情愿，熬成一段永恒的期盼。易水潺湲，揽住关城，品咂着光影，缓缓地蜿蜒东去。远处连营的榆柳迤逦而过，浑如铁铸，像是在守卫这诗一般的景致。

这月色啊，千百年来，见惯了太多的过往，把古往今来那些匆匆的步履都沉淀了下来，化作了绵绵的韵致。边关古戍，多少将士用一腔热血定格了那铁铸的关城，战曲、飞旌……都化作了一襟浩气、一派英风；多少百姓，用苦熬的岁月定格了那永久的期盼，春种、秋收……都化作了一帘月影、一曲愁肠；多少行旅，用匆匆的身影定格了那颠沛的行程，古道、秋风……都化作了一觞烈酒、一枕情长。

兵燹经年，让人们把太多的希冀都托付给了月亮，“共看明月应垂泪”，或哭，或笑，或吟，或咏，都是一腔的幽怨，百味的肝肠。

岸柳如诗

清河，从古易水的萧瑟悲凉中汩汩发源，流过繁华，穿过萧索，沉淀下一路的心情，送与晓风，半捻青弦，化作一声声的长叹；清河，无时无刻不在历史的厚重与深沉中静默，在那黏稠的记忆中，似乎只有柳，在与她相伴、相守、相知、相慰……

清晓冲寒，悄悄离乱了匆匆的脚步，青丝缭乱，杨柳牵挂起浓浓的忧伤；一河静谧，半盏诗行，垂丝闲钓，钩沉起多少岁月的情肠，戎马笙歌，往往在繁华的背后滥觞开来；日月宛转，于是，百年、千年的悠远，便在这一刻融汇于柳丝的怦然萌动中了。

清河的柳，是永远不知道吝惜绿色的。残冬渐杳，她便在这明朗的晴光中舒展开来了，借着风势，悄悄甩出几绦绿星，进而笼起烟岚，幻出一镜绿影，俏丽而空灵。这时候，绿是一种心情，更是一种境界。眨眼之间，润红的柳丝上，已钉满了毛茸茸的芽儿，随即，在这霭霭的烟岚中，剪出黄绿的眉眼儿。帘卷童声，惊飞了隔叶的黄鹂，溅起阵阵涟漪，慢慢地荡漾开去。

高柳夹堤，皴擦成俊秀的小岭，翠瀑飞泉，流浓走淡，泼泼洒洒，滚入凌凌的清河，染绿了一河的生灵。

清河的柳啊，也许你在吕庙的烟波中沾染了些许的灵气，铁干铜柯，婆娑成一尊尊朦胧的玉像，在历史的离乱之外轮回。

曾经多少诗人的脚步，在“古关衰柳”前惆怅；多少行旅的愁思，在“柳外”的“帆樯”里凝结；多少超逸的情怀，在“细柳微风”中吟钓……清河的柳啊，你在守望中盘点，看过往在跋涉中执着，并把它吹进了绵绵无尽的柳絮中，黏稠而又厚重。拂水的思绪，扯碎了太多的泪眼，化成千万点的柳花，定格成一份寄托。

斜倚关桥，心也随着粼粼的细浪而荡漾开去。仿佛听到易水苍凉的吟唱，惊看公孙白马的峥嵘，感沐宋辽边风的壮阔……那曾经满河满眼的承载，此时可能都已在这无声的流淌中沉淀下来了吧，成为一方博厚，一水澄明，滋养了依依细柳，随风摇曳。

雄州，自古就是九河汇聚之所，加之何承矩潴水为塞，河港沟汊，纵横交错，湖泽连野，这里便真成了杨柳所得意的安身立命之所了，到处都可以看到她翩然的身影。无风则板，遇水而活，是清河的灵泉秀水，孕育了这优雅的精灵。披一袭岁月的风衣，蓬勃一头流苏般的新翠，在厚重与轻灵间曼舞，在文明与野蛮外守望。

守望着一方水土，在笑靥中静观，在静观中品读，读一堤霭霭的春烟晓翠，品半盅涩涩的飞短流长。

芦花过于萧瑟，黯淡了清河的灵秀；云树不能恒久，只能算作是瓦桥的昙花；也只有这朴朴素素的杨柳，依着清河，在燕南赵北之间蜿蜒流淌。根，虎爪龙筋，深深抓入浸润着兵戈鼙鼓、诗酒悲歌的土壤里。盲弦野曲，卷雪商声，化作依然过耳的阵阵英风。

龙湾堤上寒云怒，易水河边柳色稠。曾几何时，洗礼过赵宋边风的清河劲柳，荷戟横戈，阵列嵯峨，长鞭击浪，铁臂抟风；一堤浩气凝烟翠，万丈长缨锁孽龙。而今，只留下斑斑斧刃、乡野俚风、一帧印象。

清河的柳，是心的色相，敞开胸膛，让灵魂在粗糙的跋涉中磨砺，饱蘸经年的雨雨风风，点染出满河满眼的鲜活、明丽，在这慢悠悠的境界中，人仿佛一下子掉进了古人的诗句里。

清河的柳是一首古老的诗，在岁月的河岸上起承转合。也许，根须是她的韵脚，从岁月的深处品咂苦涩与甘甜；也许，枝冠是她的褒贬，在年轮的行距中烙下灵魂与感叹；也许，优雅是她的格调，在高傲的骨子里注满谦逊与超然。

孙　娜

孙娜，女，1980年生，雄安新区雄县米家务镇米北庄人。保定市作家协会会员。

孙娜是个土生土长的农村女孩儿，土地给了她深厚不竭的生命动力。儿时的她，喜欢躺在草地上，伴着大地的麦香，望着云朵游走。孙娜的文学梦想和作家杨沫有关。因祖辈与抗日的关系，作家杨沫曾在孙娜最心爱的笔记本上写下一行专属于她的文字："孙娜，愿你将来成为国家栋梁之材。"这使孙娜大受鼓舞，从那时候起，她就一直想成为像杨沫那样的作家。

后来，孙娜考入了幼儿师范，其间依然保持着读书写作的习惯。毕业后，她成了一名教师，在业余时间也用文字记录下点滴的思绪。她曾在《儿童大世界》《唐山文学》等刊物发表了《顿悟》《合欢情思》《偶遇周庄》《小小的青果》《重阳感怀》《那声吆喝》《邂逅回归》《假如我是圣地亚哥》等作品。另有作品在"老虎不吃人"网站刊出。此外，她还参与了《千年古县·雄县卷》的编纂工作。

作品选读：

偶遇周庄

去上海学习之前，生长在北方的我，对"江南"一词的印象，只是停留在一些影视画面之中。

2015 年初冬，北方下第一场雪的时候，我从北京南站坐高铁一路向南，要去上海学习半个月。时速超过三百千米的“和谐号”，在北方灰蒙蒙的天地中飞速穿行。列车到达济南的时候，身穿棉衣的我便觉得有些燥热。离开山东境地，天色逐渐变得明朗起来，远处的树木披着一身老绿的颜色，显出几许生机。到了南京，温度已比北京高了十多度，棉衣是穿不住了，车窗外的树木，枝叶繁密多了，颜色也浅淡了不少。继续南行，景观渐具南方的特点：在广袤的天幕下，偶有一方水地，水边三三两两地矗立着白墙灰瓦的小楼；小楼多为三两间，三两层，因其高度明显大于宽度，便愈发显得高挑，像不施粉黛的窈窕淑女，素朴温婉。

历经五个多小时的车程，当天下午三点，我抵达上海。

初冬的上海，温度宜人，各种花儿照样开着，草木依然绿着，就连阳光都是米黄色的，如奶酪般嫩腻。在那儿，阴雨天是常有的，丝丝细雨常如捉迷藏的孩子，纯真且调皮。它来时，又轻又巧，等你发现了，手中的伞还没来得及打开，它又已离去，只是地面上浅浅的几点湿痕，印证着它曾经来过的踪迹。

在南国温润的天地里，在环境清幽、文化气息厚重的华东师大校园里，人的身体和心绪都变得清新柔软起来：先前飘着的，轻轻地沉了下来，曾经急匆匆的，悠悠地缓了下来。

学习一周后，学校安排休息一天。依着出去看一看的心态，我报了当地的旅行团，去了一趟江南水乡古镇——周庄。

当天早上七点，在酒店门口坐上了大巴。车向西南方向行驶一个多小时后，来到了一个码头。因为是淡季，门店都关着，从乌涂宽大的落地玻璃门窗看进去，里面也多是凌乱不堪。码头上，三两条游船靠岸泊着。游船是那种画舫式的，土黄色的木质构架上雕刻着花草藤蔓，构架中间镶着大块玻璃，顶上是灰色的檐瓦，檐瓦高处起着脊，远远看去，像四五间长廊在水上飘着。

上了船，船沿着水道前行，走了没多远，前方右侧有几条小小的渔船，船头船尾各有一人。我们的游船靠近时，小船上的一个人双臂一挥，抛洒出一方渔网，溅起细碎的水花。起初，我们都以为是渔家在打鱼，还为能遇见这一水乡景致而倍觉兴奋。随着大船的前行，几条小船上的人，依次撒网，撒网的时

辛 勇

辛勇，笔名辛小兵、乐一节，男，1980年生，雄安新区雄县人。

1997年参军，历任新兵、二炮手、学员、通讯员、报道组长、军事记者，负责所在部队的新闻报道工作，兼有散文、随笔、故事、小说创作。2002年转业入职雄县电视台任记者，主攻时事新闻。2008年体制分离，入职河北广电网络集团雄县分公司，任综合部主任一职，主攻公文写作，多次在《河北有线》内刊杂志发表专题和文学作品。

与写作结缘，始于1997年。当时，他以部队学员身份被派到山东某基地学习，在实干中学，在探讨中学，虽有开荒破土之苦，也有山林劳作之乐。极富激情和诗意的年龄，使他自然地拿起笔，开始记录所思所想。一年多的时间，他已经写满了几个笔记本。后来，看到《解放军报》要出版大型丛书《军旅青春文库》的征稿启事，他抱着试试看的态度，选了三篇诗歌，怀着忐忑的心情投出了人生的第一稿。两个月后，他接到了录用通知。就这样，他的人生第一投便中了，并且是直接收入《军旅青春文库》（该书主编是著名作家刘白羽），而且这套文库永远珍藏在了他们团队的荣誉室。

近些年，他主要创作散文、杂文和诗歌。主要作品有《雄安夜雨》《到雄安去瞧雾雨》《我的老家在雄安森林深处》等。

作品选读：

我爱你，美丽雄安！

小时候从不觉得你美丽
只是看到你的朴实与平凡
为此我羡慕他乡
那里有山林野景不那么平淡

小时候从不觉得你美丽
只看到你秋风萧瑟寂寥无边
为此我羡慕他乡
那里有琵琶声动美景落玉盘

直到长大
拥有了乡人的脾气和性格
才懂得敬畏你的厚重与平凡
风雨彩虹怎敌那
北风呼啸大漠孤烟
苦涩之沙哪懂得
荒原辽阔枝冷霜寒

英雄生于征战
热血抛洒雄关
铮铮铁骨唱响弹剑之曲
壮士远去空留易水之寒
念天地幽幽

杜永刚

杜永刚，笔名荷风，男，1988年生，雄安新区雄县孙村人。

他生于一个农民家庭，幼时读书不多，一直到高中毕业也只读过一本季羡林的《牛棚杂忆》。但是这本书流畅的文风、骇人听闻的描写，当时带给他很大震撼，可以说是杜永刚第一本真正意义上的文学读物。

进入大学后，借着大量的空闲时间，杜永刚阅读了大量国内外的文学经典，川端康成、芥川龙之介、狄更斯、哈代、海明威、陈忠实等，只要是名家，他都读。杜永刚就像一个在沙漠中行走了许多年的旅客，终于遇到了绿洲。

大量的阅读汲取，越来越要求释放，写作的想法也越来越迫切。于是，大二那年，杜永刚以他的外祖父为主人公，创作了他的第一个短篇小说《收音机，在岁月中奔跑》。

一年之后，杜永刚又创作了自己的第二篇小说《蛾》。

毕业后，杜永刚到雄县双堂乡做了四年的大学生村干部。其间创作了短篇小说《一掠而过的风景》《牧羊人的天空》。

作品选读：

牧羊人的天空

一个深秋，天还没亮，清冷的月光照着北方平原中再普通不过的一片田野。光秃秃的杨树，擎着枯手一般的黑乎乎的枝干，正向天际祈求着什么似的；远方村庄屋顶的线条，不规则地起伏，像低矮的连绵不绝的城墙，蜿蜒在这片田野。突然，一个物体从杨树林里慢悠悠地走出来。是只野兔。它一步一停，像个悠闲的散步者，正享受着这难得的清净的觅食时间。那些专门用网和猎枪捕杀野物的人，在这样早的时间大概也不会出门。深秋的干冷一般会使他们望而却步，而选择在气温稍暖的下午出动。

而七十一岁的独眼老牧羊人早到了这片田野，他坐在一片低矮的土坡上，已抽了好几根旱烟了。他年年如此，比谁来得都早。哮喘病缠了他二十多年，剧烈的咳嗽常常把他在半夜搅醒，而再也无法入眠。比如昨晚，他醒了之后，就开始卷旱烟抽，一连抽了七八根，觉得时间差不多了，就起床了。他披上那件已经露出肮脏棉花的军绿色大衣，又蹬上一双破旧的黑色胶皮雨靴，然后拿上那条三米多长的赶羊鞭，走到羊圈前，扶着木栅栏，用他那包着仅剩五颗黄牙的两片薄嘴唇，挤出几个苍老无力的字：孩子们，带你们去吃秋草。然后他向旁边的土地，狠狠地甩了一鞭子，子弹一样的声响就这样惊醒了睡梦中的羊群。

此时，羊不知怎么的就那么盘着腿，围绕着或者说陪伴在他身旁，就像老朋友那样。它们不去吃身边的草，和牧羊人一起望着慢慢亮起来的天空。浓厚的旱烟，升腾在牧羊人光秃的头顶。浓重的回忆像旋涡一般，再次把老人沦陷了下去。他结过一次婚，在他二十六岁那年，娶了一个不怎么好看，但是还算贤惠的妻子。那年他还有一匹马，开春他会套上车，拉着妻子一块儿下地耕种。他的妻子有一张大嘴，和一双患有黄疸病的眼睛，但是他不在乎。她是天底下对他最好的女人。他记得妻子管他叫老瞎。

置好，交通又便利，我这不是搞食品批发嘛，我把河南的土特产卖到咱这里，也算是支援咱村的发展，你说是吧。我会盖一个全乡最大的超市，让十里八村的都来买。到时候你想吃多少，我给你多少，好不好？以后呢，等把房子拆了，我给你联系收购羊的客户，把羊卖了，再用卖羊的钱盖一间房子嘛。

这时候，玉清老人突然像刚从回忆中摆脱出来一样，瞬间清醒了。“祖上留下的东西不能说拆就拆啊。”他颤抖了起来，表情扭曲着大喊。这不光是祖上的东西，这里还有他的回忆，他舍不得。可是无论他如何哀求，玉春就是不买账。“下个月初九，我就来拆房，哥，到时候我会把拉羊的大车一起带来。我现在可是手眼通天，你要看清形势。”

出门前他还加上一句：“不要总是活在过去，不然你会慢慢烂掉的！”玉春拨开正在观察汽车的流鼻涕的小孩，看了看织了一半毛衣的妇女和抽烟的男人云云看客，发动了车，愤怒地绝尘而去。

牧羊人一根挨着一根地吸着旱烟，从不间断。他赶着羊群经过了一片玉米地，枯黄的玉米秸有的倒下了，有的还在立着，有好几十亩。他本想让羊群在这里吃的，没发现有个农民在这里干活儿——他拿一个大镐，正把玉米秆掘下来，扎成捆，准备回家当过冬的柴火烧。他见老牧羊人正赶着羊群过来，马上就进入他的领地了，赶紧说：“玉清大伯，麻烦您把那羊赶远点，我这可都是好烧的柴火，可别让您的羊把我这玉米叶子吃喽。”

玉清很久没有听见别人叫他的名字了。

“哦。知道了。我把他们赶到小桥那边。孩子们不会吃你的玉米秆，我也知道玉米秸好烧，我的羊也很爱吃。明天我也住不上我的房子了。永远。我的好弟弟要把它拿走。一个不折不扣的白眼狼。”他做梦似的说。

农民感到刚才他这样说有点不好意思，就用微笑转折了一下。他说：“玉清大伯，我也知道您不会。你还没有吃饭吧，这是我媳妇新烙的大饼，吃一卷吧。”农民不好意思地笑着，把大饼往老牧羊人手里塞。可牧羊人连看都没看那卷大饼，梦游一般地往前走去，嘴里不停地自言自语。

“我媳妇也给我烙过一样的大饼，比这个还要好，我一顿能吃好几张。你是不知道的，那个时候，你还没出生。我再也回不去我的房子了，都没有了。我活着还有什么意思。还不如死了算了。不如死了……”

此时，已将近下午的尾声了。天空开始呈现出玫瑰凋谢的颜色，各种鸟儿已经归巢了。他不知不觉地走到了妻儿的坟地。身边的羊吃了一天的草已困倦不堪，有的蜷缩在地上，有的用蹄子踢着坚硬如铁的土地，有的漫无目的地在牧羊人周围转着圈，发出不安的“咩咩咩”声。他坐在了两个坟头中间。这时有个农妇向牧羊人跑过来，大老远就冲他喊：“玉清大伯，一群人开着大车在拆你家的房，连羊圈都拆了，你快回家看看吧，他还问你还要不要把你的羊卖掉，那人说已经帮你联系好了买主。”

牧羊人似乎什么都没听见，他正从军大衣的口袋里掏出那张不管走到哪里都不离身的妻子的照片。照片已破损得不能辨清人脸，但能看清是一个梳着大辫子的年轻女孩，十七八岁，侧着脸，一只手摸着那条又粗又黑的大辫子，那张尚不知苦痛和人生为何物的脸上写满了天真和希望。

他用那只好眼凝视照片中的女人。玫瑰色的夕阳洒在牧羊人的肩头，生命中的那些已随风逝去了几十年的美好日子，一一在眼前闪现。他在一刹那又变得柔情似水。

者眼中，自己已是一道秋日的美景。

这秋之幽韵呵，它让我沉醉，让我徜徉，让我不禁要将全部身心投入其中。这令我深迷的秋之幽韵呵！

生命的奇迹

萌发的种子，是生命的希冀；成长的孩童，是生命的光芒，翱翔的雄鹰，是生命的力量。而我真正愿称之为生命奇迹的，是那盆小小的绿萝。

两年前，妈妈将一盆绿萝带回了家。我第一次见到它时，甚至是不屑的——叶子的边缘呈现出一种病态的黄，细细的茎仿佛吹一口气就会折断，只有巴掌大的花盆暗示了它不发达的根系与之前在图片上或花店里见到的枝茎很长的绿萝有天壤之别。

它是妈妈在下班路上顺便买回的，还不如我一个较好的笔记本值钱。妈妈之前从来没有养过绿萝，我和爸爸也从不关心这些植物，因此，我甚至做好了不久后见到它“尸体”的准备。

后来，学习逐渐繁忙，我再次注意到那株绿萝，已是一年后了。它的叶片长大了些，虽然黄色仍未褪去，但已比之前显得健康多了，枝茎也比之前长了些，一些细小的根须从花盆底部的两个小洞处伸了出来，探头探脑的，令人不禁生了些喜爱之情。

我和妈妈给它换了一个大一些的花盆。来到“新居”的它，更显矮小，远远地看，蔫蔫的像长年卧病在床的老人，哪里像才见到阳光一年多的新生植株！我对它的成活又不抱多大希望了。

然而事实证明，我错了。两年后的今天，它的健壮、美丽，与花店中精心培育的绿萝相比，有过之而无不及，翠绿色的叶片昭示它旺盛的生命力，深绿的枝茎强健有力，种在大号的花盆里丝毫不显渺小。它被放在高高的柜顶上，最下端的枝叶可以接触到地面。

我为它的成活啧啧称奇，却一直以为是妈妈有做园丁的天赋，直到有一天，妈妈不经意间说起这件事。

“想当初，我把它买回来后就没管过它，后来换了花盆才偶尔浇浇水，没想到长得这么好。”

“你没管过这盆绿萝吗?”我不敢相信。

“是啊，当初我们谁能想到它可以长这么好?”

我开始用全新的眼光看待这盆绿萝。不被看好，不被照顾，也要坚持生长，不放弃生的希望，直到今天给我们展示出这勃勃的生机，堪称生命的奇迹!

活在世间的我们又何尝不是如此?人生不可能一帆风顺，在面对挫折与失败、唾弃与嘲笑、厌恶与蔑视时，若是自甘堕落，便是一个彻彻底底的失败者;若是紧握希望，迎难而上，便会攀上人生的顶峰，成为人生的赢家，创造出生命的奇迹!

在阳光的照耀下，创造了生命奇迹的那盆绿萝仿佛在向我微笑。